U0897279

渡边淳一
作品

风闻

風の噂

时卫国 译

青岛出版社
QINGDAO PUBLISHING HOUSE

译者前言

本作品集是作者在上世纪晚期推出的一部以性爱题材为主题的、颇能反映渡边风格的小说集，由九个意象新颖、雅趣盎然的短篇构成。作者以清新流畅的笔致、娴熟练达的技巧、诡异有趣的描述以及生动鲜活的叙事，通过对人生、性爱及情感世界的多重把握与精心洞察，演绎出五光十色、多姿多彩的性爱生态、思想生态和世俗生态，显现出作者超凡脱俗、神工鬼斧的艺术构思，洋溢着清新淡雅的书卷气和质朴无华的创作激情。

《午后的诀别》是描写一对婚外恋情人分手的逸韵力作，构思美妙、余味无穷。建筑师吉野去现场监工，与贵子产生恋情。贵子明知吉野有家室，却因难耐寂寞而与之缠绵。吉野开朗的性格、翩翩的风度和成熟的气质，深深地吸引着贵子。然而，贵子去车站为吉野送行，看到其购买廉价物品，嗅出其浓重的家庭气息以致无法忍受，毅然与其诀别……作品从一个小小的层面勾勒出性的相互吸引，以男人购买廉价物品为导火索，以此引燃女人心中的妒火，致其关系瓦解……男人的肆意与女人的善变在本作品中展露无遗。

《银座的黄昏》则是描写企业人士被陪酒小姐及帮凶设伏敲诈的饶有趣味的佳作。浦野是某大型商务公司的部长，与陪酒小姐理加有着暧昧关系。在理加请求下，为其作经济担保。不料理加失踪，酒吧老板不择手段地向浦野追讨理加欠下的大笔赊款。浦野碍于面子，被迫借高利贷抵债，以摆脱无奈的纠缠。后因精神重创而陷入昏迷……而理加却突然出现在病床前……作品塑造了一个因爱慕虚荣而自讨苦吃的人物形象。浦野正是那种本来无事却自寻烦扰的好事之徒，只因虚荣心作祟，才被人玩弄于股掌之间，以致倾家荡产、名裂身败……

《非致命伤》则讲述了京都的一个老板娘难耐孤独而自尽身亡的悲凉故事。五十四岁的老板娘在京都经营茶室，作为典型的京都女性，其作风老道，性格沉稳，待客热情，深受广众青睐。茶室生意兴隆，生活富足，一派繁荣景象。在这种状况下，她却以极端的方式放弃了人生……究竟因何缘由，令其采取非常行动呢？或许是其过于认真的个性令其摆脱不了思想的窠臼：人生苦短，岁月悠长，伴随自己的将是无尽的孤独和寂寞……老板娘缠绵悱恻，发出无声的呐喊：人生的意义何在？苦心经营劳作，又能得到什么？……

《岁月》是描写昔日恋人旧情复燃而延展不息的性爱作品，其意境优雅，情调久长，令人留恋。公司职员吉冈与大学生由有子相恋，彼此感情融洽，欲结天地之缘。然而，父命难违，吉冈被迫与他人成婚……三年后，吉冈和已组家庭的由有子邂逅于东京，旧情复发，频频幽会，享受浪漫和温馨。延续达十年之久，且绵绵不尽……三年的分离与不期的重逢激活了双方的情欲，令其浸淫其中而欲罢不能……

《托腮》则走笔展现出一幅情味雅淡的怪异画卷。宫雄和驹两个人参加完忘年会，先后到中国餐馆吃饭，到小胡同里的酒吧饮酒。时值深夜，老板娘让晶子作陪。宫雄和驹发现容貌漂亮的美子托着腮坐在柜台里侧，对他们不理不睬，便呼唤其陪酒。美子无动于衷，驹恼羞成怒，冲上柜台要行凶，幸亏晶子挺身而出，及时解围……宫雄和驹离开酒馆，头脑渐渐冷静下来，开始思过和自责：美子为何总是托腮不语……内中定有原因，其项颈到耳根部有明显的刀痕，必有难言之隐……

《风闻》讲述一个以自我为中心的男人的情感游移与救赎心态。脑外科大夫高村喜一郎与护士坂井祥子成为情侣,形影不离。祥子容貌姣美,头脑聪颖,善于交际又极富个性,令高村避之若浼,不得不另娶他人。祥子为此大吵大闹,搞得鸡犬不宁。高村被逼无奈,只得去东京发展……多年之后,高村悔意丛生,感怀重重,意欲对祥子做些补偿。后获知她生活幸福美满,才放下前情,内心释然……作品生动地描绘出一个中年男子与昔日恋人藕断丝连、难以斩尽的绵绵情丝及其复杂微妙、难以揣度的悲愁心境,揭示了男人对旧情久久难以忘怀和女人时过境迁而抛却脑后的性别特征。

《秋凉》则以独特的视角描写男女两性的贪欲及其不可救药的顽症。四十岁的近冈原在一家杂志出版社任主编,后独自创业。事业有成后,开始追求享乐,与银座的陪酒女郎樱子堕入情网。樱子身材苗条,性感动人,近冈为其独自开设酒吧慷慨出资。后来,近冈又喜欢上年轻貌美的美保。樱子外表柔顺,性格刚强;美保天真烂漫,青春荡漾。二人各有风貌,各具千秋,近冈意欲双娇兼收,为樱子所不容,随之关系出现裂痕。樱子不甘寂寞,另觅男友……作品鞭挞了男人的任性与贪婪、女人的自我与倔强,烘托出见异思迁、喜新厌旧的人性弱点以及柔情绵绵却难以持久的性爱世界。

《香袋》是妙笔天成、风格独特的性爱作品，展现出一对“露水夫妻”的现实舞台。时村是电视台导演，与妻子分居两地，其风流倜傥，与许多女孩儿有染。三十五岁的法子有夫有子，但主动与其定时幽会。时村既与女孩儿搞潜规则，又与法子维持两性关系。法子发现女孩儿留下的蛛丝马迹，妒火中烧，意欲报复，而时村浑然不觉。法子以香袋作武器，让对方意识到自己的存在，以瓦解女孩儿与时村的关系。作品赤裸裸地暴露出男人的贪婪与女人的嫉妒，反映出男女两性的自私心态及强烈的独占欲望。

《春怨》是妙笔描写女人的垄断欲望和排他心理的秀逸之作。松村千加与丈夫离婚后，独自在京都经营高级饭庄，并为培养女儿继承家业呕心沥血。生驹直一郎是东京一家公司的常务董事，常去大阪出差，顺道到京都办事，后与千加相恋。他时常利用出差机会与千加幽会，共享性乐。千加的女儿美穗，因年轻漂亮而惹人喜爱。生驹要赠和服予她，千加得知后横加阻挠，以致惹恼了生驹。生驹的“慷慨”招致了千加的反感与不满，千加对女儿受到情人关爱而心生妒意，极力抗拒……男人的纵情与豪爽、女人的狭隘与自我以及两性关系的诡谲与脆弱，在本作品中以栩栩的人物形象和巧妙的场景设置尽现眼前。

在本作品集中,男主人公多在婚姻内部,且形象高大,风度翩翩,似有共性;而女主人公则相对年轻貌美,富于小女人依傍大男人之情调,且已婚者居多,共有特点是外形靓丽,魅力四溢,主宰着性爱的进程及结局。贵子、由有子、祥子、樱子、法子和千加均为追求性爱的强者,而理加、老板娘和美子,则是另一种意义上的强者。她们均以弱者的姿态出现,却显露出强者的风范,奋力抗击对手,倾心呵护自我。作为对手的大男人,却外强中干,每每被猎取……

本书集中展现出当今社会性爱的泛滥与缺失、人性的懦弱与灰暗、世俗的乖戾与荒谬、人生的孤独与悲哀。作者以大胆直白、无所忌惮的气势,高屋建瓴地剖析男女两性的心理特征、性欲需求和各自的人生态度,多角度、多层面地揭示了人性的脆弱与怪诞、生存的艰难与无奈,曲尽其妙,洋洋大观,凸显出作者独特的创作宗旨和叙事风格。作者所描绘出的性爱舞台及人物形象多姿多彩,妙不可言,令读者沉浸其中。

时卫国

2015 年 10 月

目　录

午后的诀别

一

“走……”

吉野一直在看电视，他突然拍着膝盖嘟囔道。

贵子的视线瞬间从电视上移开，不安地看着吉野。

一般吉野临走时，总是这样说，说完就站起来。此刻，他也是啜饮了一口已经凉透了的咖啡，站了起来。

“要走啦！”

吉野离开之前，不说要回家去，而是以要去哪儿玩似的口气，只说“要走啦”。

贵子知道这是他要回到在家等待的妻子身边的羞怯表达。或许应该说是对留下来的一个女人的体贴。

“三点了吧。”

吉野看看餐具柜上的座钟。与其说他在确认时间，莫如说是含有请求的意味：我在这儿待了这么长时间了，可以走了吧！

吉野是昨晚九点钟来到贵子房间的。

昨天是星期六，他在伊都参加完高尔夫球比赛会，直奔这个房间来了。

贵子知道吉野是对家里人说，外出打高尔夫，需要住一宿，才来到自己房间的。

她并不是直接听他说的，而是根据以往他在这儿住下时，经常是打高尔夫球回来而揣测的。

他从昨晚九点到来，到今天下午三点，已经和她在一起待了十八个小时。

“那就再见吧！”

吉野呈现出一副略显歉意的表情，而贵子在刚才看电视时，就知道他快要说“走啦”。

尽管有所预知，贵子还是露出有些不安的神色，她也对自己揣测得准确而感到沾沾自喜。

“周三或周四一起吃饭好吗？”

"……"

吉野很忙,他是个建筑师,在青山拥有一家事务所。他经常去施工工地转,和各种各样的人打交道,有时也到地方上去。

他们曾有过好几次约见,总因为有急事儿而没能晤面。

看到他又是含糊其词,贵子觉得周三或周四见面的可能性不大。

"赤坂的乃木坂下有个店面很小却味道挺好的法国菜馆,就去那儿吧!"

开空头支票是吉野临走时的一贯毛病。

吉野上次曾说两个人去外国慢慢地旅行,大上次说想一起去京都赏红叶。

然而,他哪一个许诺都没有兑现。

或许当时是出于真心,最后却没能成行。

尽管觉得男人特意说这些话是一种温存,但是总开空头支票,贵子还是觉得有些生气。

"还是星期三好啊,七点左右怎么样?"

"那你提前一天来个电话!"

与其一直期待着而让人失望,还不如从一开始就不作指望,这样心里倒感到轻松。

“今天下午还干什么？”

“什么也不干啊。”

贵子冷淡地回答。吉野自己从西装柜里取出短外套来，穿在身上。

“还去那儿吗？”

贵子不知从何时起养成了一个习惯，吉野走时，总要把他送到车站。

“嫌麻烦吗？”

“不。”

贵子冲着镜子整了整发型，然后在罩衫外面套上对襟毛衣。

吉野故意出洋相地“嗨哟”一声，把装着高尔夫衣装的、放在墙边的提箱提了起来。

吉野今年已四十八岁，他弯下腰提着箱子站起来时，感到了年龄不饶人。

他俩打开房门，孩子们喧闹的声音从楼下传来。

可能是星期天下午的缘故，孩子们聚集在公寓的中庭，尽情地嬉闹。也有父亲陪着儿子在角落里练投接球的。

“天要下雨啊。”

十一月的天空，云层很低，晾晒在公寓楼顶上的衣服正在随风飘舞。

“天有点儿凉啦。”

吉野微微地打起寒战。这时，电梯升了上来，两人迅即步入门内。

二

从公寓出来，向左边走二百多米，就到了商店街，再径直往前走，就是车站。

两个人并肩向前走，走着走着，碰到一个三十五六岁的妇女。这人可能是购物回来，右手提着购物筐，左手牵着一个女孩儿。

“您好……”

这个妇女满面笑容地向他们轻轻鞠了一躬，贵子也同样向她鞠了一躬。女孩子好像要说什么，贵子也没搭话。

“你以前见过这个人吧？”

当妇女走过去时，吉野问。

“是隔壁邻居。”

虽然贵子当时没说话，那个妇女的脸上却显露出什么都知道的表情，似乎在说我知道你们的关系。

“挺糟糕吗？”

“没有什么。”

吉野有些满不在乎地摇摇头。

贵子并不想特意隐瞒她和吉野的关系。她已经二十九岁，作为一个独身女人，有自己喜欢的男人是很正常的。

或许这个妇女很快会将所见告诉周围的人。但看上去她是个性情柔和的人，也可能是个很无聊的妻子。

星期天的下午，她竟和一个比她大一轮多的男人从房间里姗姗而出！

任凭别人怎么议论，贵子不会在乎。

她本来就没有和公寓的人交往从密，她也不想老待在这里。

不，不仅是这家公寓，就连她和吉野的关系，也应该理清了。

“她可能知道咱们的事儿吧。”

贵子一边点头，认可吉野的判断。一边回顾着自己和吉野关系发展的历程。

贵子和吉野建立关系已经三年了。

他们相识于吉野和建筑学教授会谈之时，当时的贵子在做速记。

贵子觉得吉野很温和，给人的印象很好，大概对方也觉得贵子人很好。过后,她被邀请去吃饭,从那以后,两人的关系渐渐亲密起来了。

当然,贵子那时就知道吉野有妻子,还有两个孩子。贵子是在了解一切情况之后,才与他发展关系的。

也许是因为当时贵子和以前的恋人刚分手,感情处于空窗期,日子过得很寂寞,正想着依伴一个人时,吉野出现了。不然,她不会简单地以身相许。

原以为只要度过这一特殊时期,两人很快就会分手。可在不知不觉之中,时间过去了三年。

吉野人很温和,外表也不差。尽管贵子没有提出过明确要求,吉野每月却默默地给她二十万日元,而且是悄悄地汇到贵子的存折上,以便于她接收。

只要维持现状,她的生活就很轻松,也不会产生什么不满。

然而,长期这样维持她与吉野的关系,会怎么样呢?

吉野一周至少来这儿两次,其中一次会住下来。他用那种仅凭年龄而无法想象的热情拥抱贵子,说一直喜欢你,一直很爱你。

然而,他却没有和妻子分手而与贵子结婚的勇气和胆量。

后来贵子意识到即使继续幽会,两人的关系也不会再有进一步的发展。

其实现在，贵子早已没有了当初与吉野幽会时的那种紧张感和愉悦感。

他们交往的第一年，贵子总是屈指计算与吉野幽会的日子，并围绕着幽会制订工作计划。然而到了第二年，幽会就有种事务性的感觉了。

从去年秋天开始，贵子就考虑和吉野彻底分手。

对于这一点，这个男人敏锐地觉察到了，他曾问过贵子："你是不是讨厌我了？"

说起来，贵子并不讨厌吉野，也不觉得他有什么特别不好的地方。

贵子只是想与他划清界限。一次又一次的幽会，仅仅是同一情景的反复，反倒会招致相互的麻木和疲劳。她觉得现在应该回归到一个人的生活，并重塑自己的形象。

然而，吉野好像没摸透这个女人的心思与焦虑。他要么从国外给她买来高价特产，要么就给她增加零用钱。

贵子生活上虽然暂时挺阔气，但是改变不了心头的忧虑。他对待她越是和蔼，她越是觉得郁闷。

虽说贵子要和吉野分手，但她并没有铁下心来，义无反顾地去做。

她只是觉得应该分手，但找不到分手的机会。

三

可能是快到傍晚的缘故，狭窄的商店街上挤满了购买食物做晚饭的主妇们。

有对年轻的夫妇在蔬菜店的店头挑选西红柿。有个做父亲的带着几个孩子在买冰激凌。玩具店、书店和唱片店里也都挤满了人。

“喝杯咖啡好吗？”

吉野觉得贵子来车站为他送行，有点不好意思，就在咖啡馆前停住脚步。

“没有时间了吧。”

“不要紧。”

从这里到吉野家要换乘私营电车，至少需要一个小时。现在三点半，到家就要接近五点。

他回到家，肯定会作这样的辩解：“上午又打了一个回合！”

贵子最近对吉野的所作所为看得很透。

他打完高尔夫之后，特意来到自己房间，原先只是单纯地从心里感谢他，最近却看到了其反面。

可能是星期天下午的缘故，咖啡馆里有很多带家眷的人。

吉野站在门口朝里环视了一下，然后伴着贵子在尽头不再使用的空调前的座位上落座。

“您来点儿什么？”

“要咖啡。”

“刚才已喝过，还能喝吗？”

“喝几杯都没事儿！”

贵子不愿意自己想喝什么受到干涉。她这样思忖后，感到有点生气。

平时算不得什么的一桩小事，今天却耿耿于怀。

可能是她快来例假了，好像从头到脚都变得敏锐了。

“你住的那个公寓里孩子们太多啦。”

吉野点上香烟后，凭一时高兴地说。

“下次搬到涩谷[①]或者青山[②]好吗？”

①地名，位于东京都。

②地名，位于东京都。

“现在的地方也行啊。”

一个三十五六岁的男子和孩子并排坐在旁边的座位上。这个人将奶昔吸管折得弯弯的,以便于吮吸。

吉野瞥了一眼,迅即移开视线。贵子则把正在照顾孩子的男子的脸庞与吉野的侧脸重合起来端详。

他在家里也是这样的神态吧。

女服务员端来了咖啡和冰激凌。

“哪一位要冰激凌?”

“请放在这儿……”

吉野指示自己这边。女服务员点点头,把冰激凌放到吉野面前,把咖啡放到贵子面前。

邻座的孩子猛地伸出下颌用吸管喝奶昔,险些把玻璃杯撞倒。

“要小心!”

父亲急忙按住玻璃杯,舔着溅到手上的牛奶说。

吉野侧目看了一下,转而对贵子说道:

“你学打高尔夫怎么样?要是能跟我一起打,我哪儿都带你去。”

贵子不想练高尔夫,便没有吭声。

“偶尔呼吸一下新鲜空气,精神也会爽快的。”

吉野把维夫饼干涂上奶油，开始吃起来。

“那样吃不合适。”

“什么……”

一个大男人竟像孩子那样用舌头舔着吃，让人觉得很不雅。吉野却不在乎贵子的提醒，继续说高尔夫。

“你可以去趟练习场练嘛。”

贵子仍不答话，吉野露出严厉的神色。

“你听着我说话好吗？”

“我在听着呢。可我不愿意打啊。”

贵子不愿学习他这种背着妻子乱来的借口游戏。要是成全他，就会成为帮凶。

“这个店里人真多啊。”

又有一些带孩子的客人走进咖啡馆。咖啡馆门口有西点销售处，年轻的女性和主妇们都聚集在那里。

“走吧！”

贵子待吉野吃完冰激凌后，提议说。吉野用贵子没见过的条纹花手帕擦了擦嘴角，站起来伴随贵子走出咖啡馆。

大街上依然人山人海。刚走了约五十米，就看到弹子机店门口，有个清瘦的蓄着胡子的男人正在用麦克风喊叫：“现在郁金香全开啦！”

“晚饭吃什么？”

“还没思考呢。”

贵子好像也没有食欲。

吉野要回到他自己的家里去，为何还要这么问呢？可能是顾及男人对女人应有的关心，而不惹起对方的气愤。吉野有点明理地说：

“咱们去新宿吃点东西好吗？”

“下面……”

“咱们好久没一起吃饭啦。”

吉野的声音里含有一种谄媚。虽然嘴上没说安慰的话，实际上他很介意贵子的不快。

吉野说得随便，但态度很和蔼，他好像觉得此时此刻打发贵子回去不合适。

“新宿离这儿很近……”

“可是这身打扮不合适啊。”

“那样就行啊。”

要是早说去哪儿，我就穿别的衣服来了。从这些方面也说明吉野很自私。

“车站大厦的西餐馆开着吧？”

贵子联想到她将一个人孤独地回到的自己的房间。太阳已经偏西，房间里光线已变暗，桌子上还摆放着两人用过的咖啡杯。

“从站前广场乘出租车去新宿好吗？”

“就那样……”

贵子并不是特别饿，但这要比回到冷清的房间惬意得多。

他们决定去新宿，吉野的步伐稍微加快了一些。

“就是人太多啊。”

“星期天的傍晚总是这样啊。”

以往，他只是在更早或更晚的时间从这里路过。

道路缓缓地变成了上坡，正面已显现出通电车的铁桥。从前面向右拐，就到达车站南口。

向右的拐角上有个药店，店前堆放着高级手纸和卫生纸，挂着用红色万能笔写着“大贱卖”的招牌。

“稍微看看……”

吉野在店前停下来，他从左边的货架上拿起剃刀片，端详着。

“这个便宜啊。”

一套剃刀片内装五片，标牌为“特价七百日元”。

“要两套吧。”

吉野将两套刀片交给站在甩卖台前的年轻男子，然后又拿起了一只长筒牙膏。

“还要这个。”

“谢谢您每次光临！”

店员麻利地把刀片和牙膏装进茶色的纸袋，把口儿折起来，用透明胶带贴好。

“经理先生还要点儿什么？”

“哎呀，这就行啦。”

吉野把茶色的袋子塞进提箱侧面的口袋里。

“这边便宜啊。”

“……”

贵子没应答，先行拐到了右侧街道上。

四

他们穿过通电车的铁桥，很快到达了站前广场。走近西侧一看，那里放满了自行车。

旁边立着一块牌子，牌子上写着："禁止丢弃自行车！"但好像有不少锈迹斑斑的车子。

"这儿的道路真窄啊！""不应该这么随便放啊！"

吉野沿着刚能走开一人的道路往前走，不停地发牢骚。贵子跟在后面默不作声。

从存车处往前走，越过公交车站，就是出租车站。

有五六个人在排队候车，候客的出租车也停了不少。

"嗨哟。"

吉野在队列后面放下提箱，回头看了看贵子。

"去吃中餐好吗？"

吉野话刚出口，贵子迅即摇了摇头。

"我不去啦。"

"你的这身打扮并不蹊跷。"

"是我肚子不饿。"

"你刚才不是答应去吗？"

吉野用不解的表情注视着贵子。

"我自己的事儿，你不用担心。"

"不是。"

后面有人想排队，贵子便离开等车人的队列，向车站方向挪了两三步。

“您自己去吧！”

“怎么啦？去吧！”

“不……”

“我想特意带你去。”

吉野离开队列，追着贵子过来。

“怎么突然变卦了呢？”

并不是变卦。贵子起先就有抗拒的情绪，只是此刻才明确地表现出来。

“坐车去吧！”

贵子被吉野扳了一下肩膀，走得更快了。

“您自己去吧！”

“弄不懂啊……”

男人怎么也弄不懂女人的心思。贵子却非常清楚自己为何不去。

“你是跟别人约好了，要约会吗？”

贵子左右地摆头。与其说有理由，莫如说是突然有些败兴，应该这么说。

“你明确地说个理由啊……”

男人又纠缠起来，要说原因那就太简单了。

用一句话就能说清楚：“就因为你买剃刀和牙膏……”

如果贵子这么说，吉野肯定会笑话她太无聊！

然而，当吉野说“剃刀和牙膏便宜”要购买时，贵子观测到了吉野的另一副面孔。他下面要回家，要和家属一起吃饭，明天早晨他会用廉价的牙膏刷牙，用刀片刮胡子。他的妻子和孩子也会使用那牙膏。

吉野拿着提箱回家的背影和他居家生活的另一个背影重合到了一起。

贵子并非嫉妒吉野的家庭和他的妻子。相反，她从开始就知道吉野有家庭，对他急于回家的心情也能够谅解。

当下，吉野无意识的举止让她嗅到了家庭的气味，令她难以忍受。吉野原先那种让人觉察不到有家室的、明朗而潇洒的风度吸引着她。因为是这样，贵子才遵从于他，并一直爱着他。

而在吉野买廉价日用品的一瞬间，其男人的高大形象在她心里崩溃了，原有的执着如退潮般地开始减弱了。

如果说这个理由很无聊，或者说不能称之为理由，那也是确实的。贵子无论如何都摆脱不了那种真实的感受。

“弄不懂啊。真是脾气没准。”

吉野咂咂嘴。

确实,男人或许永远也弄不懂女人的心思。

对此,贵子却不想再说明了。

男人买便宜牙膏,要是再稍早点儿或再稍迟点儿,也许会得到她的原谅。然而当下,她已抱定主意离开这个男人。

“真的不去吗?”

“请原谅!”

“那我自己去啦。”

吉野又有点失落地说了一遍,并扭头看了看出租车站。

“走啦……”

“请!”

吉野有点气恼地拿起提箱,阔步朝出租车站走去。

贵子朝他的背影瞥了一眼,转身朝存车处方向走去。

她穿过自行车停车区之间狭窄的道路,走到信号灯前猛一回头,看到吉野正要钻入出租车。

他掀起花格短外套的背部并团起来,先把提箱塞进车里,随之身子也钻进去。不久，车门关上，车子绕转盘半周，朝大厦前面驶去。

贵子看到如此情景，深深地松了一口气。

可能自己再也不会和吉野见面啦。

即使再见面，也不会维持原有的那种关系了。

贵子绕过红绿灯，直接穿向街口。又从水果店前经过，还有刚才的药店。甩卖台前的年轻男子依然高喊着“大贱卖！”，有的主妇停了下来。

贵子迅即回想起几分钟前吉野买廉价牙膏的身影。

现在跟他已经没有关系了。

“再见了！”

贵子自言自语。年轻的店员看到贵子，向她招了招手。

“太太，再来一个吧？”

贵子含笑点了点头，和着弹子房里传出来的进行曲音乐，迈着利落且有节奏的步伐朝公寓方向走去。

银座的黄昏

一

快到五点钟要下班时，有人打来了电话。

“您是浦野先生吗？”

电话里传出的是男人的声音，浦野感到很陌生。可能对方是从什么娱乐场所或咖啡馆里打来的，能听到背景中的音乐。

“我是浅井商事公司。”

“浅井？”

“就是银座的‘菲布莱’俱乐部。”

对方这么提示，浦野才回想起来。浅井商事是经营“菲布莱”俱乐部的公司，浦野以前经常去那里。“菲布莱”出具的发票上，就盖有“浅井商事”的印章。

“经常承蒙您的关照，谢谢！我是浅井商社的员工，姓村田。您认识‘菲布莱’俱乐部的理加吧？”

“理加……”

浦野小声嘟哝了一句，扭头环视了一下四周。工作室里还有一些员工正坐在办公桌前忙碌。这些部下们离浦野的机械第二部部长的位子有段距离，基本听不到电话交谈，但浦野还是小心翼翼地用手遮盖着电话。

“有什么事？”

“浦野先生是她的保证人吧，理加入店时的保证书上留有您的签名和印章。”

浦野记得，理加从前一家店里移到现在的店时，曾托他做过保证人。

“她现在还在休息吧？”

“因此，我想请您赶紧和我见个面，您今天方便吗？”

浦野受到客户邀请，今晚要在赤坂就餐。

“今晚不行，您有什么急事？”

“我想这事还是见面以后再说好，我预先说明一下，那个女人还欠有预付款和赊款余额，想请您支付一下！”

“让我支付？”

“因为您是理加的保证人。”

“你突然说这些事情，有点不太好办，我不知道事情的原委。”

“我冒昧地问一下，您读过她的保证书吗？”

“好像读过。”

“我想那您应当知道，第七项明文规定，万一本人有事时，保证人要担负一切责任。”

男人说话的语气很郑重，但态度上有点傲慢无礼。

“关于支付手段和方法，我想见面后再跟您商量。”

“这种事儿别问我，问她本人嘛。”

浦野厉声说道。对方却依然用沉着的声音继续说：

“当然，她本人在没什么问题，可是她本人不在。浦野先生知道她的去向吗？”

“我怎么会知道呢？”

“是吗，我想您应当知道。”

“她是不是回到札幌的父母那里去了呢？”

两个月前，理加曾说过她在札幌的父母身体不好，要暂时回去照料一下。

“这事就是问她娘家也难弄清，她东京的公寓已腾空啦。”

“腾空啦？”

浦野最近也担心过理加，曾给她打过两三次电话，一直没人接。他以为是她父母的病情恶化，住在老家没回来，想不到到现在连公寓都腾出来了。

“那就是说，她已经逃走了？”

“这搞不清楚。对于我们来说，她欠了很多钱。”

“欠了多少？”

“预付款和赊款合计一千万日元。”

“一千万日元……”

“这里有很清楚的账簿，拿给您看一下就能明白。”

“你是说要让我支付吗？”

“想请您垫付一下。”

“别开玩笑！我作为一个陌生人，凭什么要支付那么多的巨款呢？”

“我刚才说过，因为您是保证人。”

“别胡说！”

浦野嚷完后，环视了一下周围。可能后来喊叫的声音较大，部下们都在注视着这一边。

“我现在很忙，挂啦。”

浦野咂咂嘴，放下了电话。

二

从那天起，村田每天都打来电话，时间主要在傍晚，如果不予理睬或挂断电话，下次就在上午时间打来。刚开始，只是那个姓村田的人打，后来又增加了女人的声音。浦野丢开不管，电话就直接打到他的家里。

“怎么啦？”妻子不安地问道。浦野采取弃置不顾的态度：“甭管！”这样持续了一个星期，确实也刺痛了浦野的神经。

浦野重新回想起来，自己确实为给理加当保证人而盖过章。那时，理加央求他：“我要转移到这边的店里来，部长给我当保证人好吗？”他就很随意地答应了。

理加以前工作在叫“泰皮亚”的店里时，浦野和她相识。理加自述现年二十八岁，长得身材矮小，性情天真可爱。穿衣服的品位较高，很受顾客欢迎。理加做事也很爽快，曾专门负责接待浦野。

这样的女人委托自己给她做保证人，浦野觉得没什么不好。何况一个月前，自己已和她发生过感情至深的关系。虽然这么说，并不是浦野硬拽她出来的。那天店里打烊时，浦野仍在喝酒，理加打趣说："一个人每天都回到同一个地方睡觉，太无聊啦。"于是，浦野就随意地邀约她去旅馆住，她就很顺从地跟着来了。现在回想起来，也许理加那天晚上就想和一个男人风流一番。

或许因为他们两个人都喝醉了，做爱的感觉未必就好。理加身材苗条，性感可爱，但性交的反应却很迟钝，欲求也不强烈。中途碰到她的乳头或私处，她只是因痒而笑。也许她不乏性交的经验，但尚未从容地体验过快乐。她的性爱状态，有点接近所谓的性感缺乏症。

理加皮肤白皙，身材匀称，对袒露出全部身体，不太觉得羞耻。如果说："咱们一起洗澡吧！"她会很轻易地同意，连阴部也不作遮盖，让人觉得有点缺乏情趣。若看其体型和线条，倒是蛮漂亮的。

浦野因为工作关系，经常在银座喝酒，曾产生过追求理加的念想，却没有勇气。对他来说，理加是他在银座认识的第一个女人。他曾先后在新宿的酒吧里和在四谷的高级饭庄里与女招待发生过性关系，但都是些一夜情。她们的姿色都逊于理加，年纪也大。不说性交，仅说外貌，理加就是他偶遇的珍品。

他们虽然发生过肉体关系，理佳却从未提过任何要求。以前听说银座的女人挺可怕，花销大，所以浦野离开旅馆时，要把身上带的三万日元钱留给她，她说“不用”，没有收。

因为是在这之后，理加委托他当保证人，于是他轻而易举就答应了。当然，他也曾有过几分不安，但在当时，他产生过强烈而浮华的情绪：我能给银座走红的女孩儿当保证人！

在保证书上盖章前，他大致阅读了一下文件，文件中有这样一个条目：当事人有事时，保证人负一切责任！

他曾随意地认为，只不过文件中这么说，就像担任公司就职者的保证人一样，本人盗窃或违反合同时，即使被辞退也不会与保证人产生纠葛。再说理加太过善良，不是个坏女人。她过世的父亲曾在小樽做海产品批发商，家里只有母亲一人，做个单纯的身份保证人，没有多少后顾之忧，就随口答应了。

却没想到日后发生了这样的事：女孩从店里的所有借款和赊款都要自己来负责。

现在突然让他垫付理加的所有款项，他从心理上无法接受：垫款的理由能够行得通吗？

村田执拗地天天打电话，浦野心里感到不安，他把比较熟悉的“巴泰拉”酒吧的老板请到咖啡馆，跟他商量对策。

“请教一下，我有个关系很好的朋友，最近碰到一件荒唐的事。”

他不想暴露自身，推说为他人的事想谋略。老板立即点了点头。

“支付是理所当然的。因为是保证人嘛，这没办法。”

“朋友受托做保证人，只不过是盖了个印章而已。”

“你可知道，印章得是正式印章，还要附上印鉴证明。”

听他这么提示，浦野记起了自己盖过正式印章，提交过印鉴证明。

“我们店里遇到这种情况时，也是要保证人支付。”

“一个女孩儿会有一千万日元的赖账，能有这种事吗？”

“能。现在谁成为银座的一流女人，谁动辄就会消费两三千万日元。”

“陪酒女郎怎么会消费如此高额的巨款呢？”

“虽然叫陪酒女郎，其实她们都会租家店，自己做生意。可以说是陪酒女兼老板娘。”

“关于这方面的情况，您给我仔细介绍一下吧。”

“这要从女孩儿的工资和店里的账目说起，您才能懂。希望您尽量不要对外人讲这些东西！”

老板有点装模作样地取出圆珠笔来，一边利用纸垫的背面写着，一边开始做说明。

他说银座酒吧的账目大致分为纯营业额和服务费两部分。其中，纯营业额是客人用餐或饮酒的全部餐饮费。服务费则是座席费、男生服务费、店费等综合的费用。这当中，银座一流级别的酒吧座席费为五千日元，通宵费四千日元，男生服务费两千日元，有的还要额外收取百分之二十的店费。因此，这种服务费的额度很高，只要一位客人落座，就要收取一万两三千日元。

总的账目是这笔费用加餐饮费、陪酒费和税金等等，一个人的消费超过三万日元。

至于陪酒女郎们的薪酬，则根据营业额来确定，计算基数是纯营业额。打个比方说，“每月百万日元的女人”，就是每月的纯营业额一百万日元。还有“每月二百万日元的女人”“每月三百万日元的女人”等，形形色色，不一而足。

薪酬在每个店都不一样。一个月营业额为百万日元的女人，日薪确保为四万日元。“每月二百万日元的女人”每十万日元营业额增加一千日元，总共增加一万日元，日薪确保五万日元。“每月三百万日元的女人”日薪接近七万日元。

对于陪酒，每位客人需要缴纳五六千日元的陪酒费，店里按一成的标准作为服务费回扣,返还给陪酒女郎。

这种回扣的结算以四十五天为限或六十天为限,客人走后一个半月不缴纳陪酒费,就领不到回扣。也有的店,一超过六十天,就没有陪酒费。

“最近根据具体情况,有的店三个月或者四个月结算一次薪酬,严厉一点的店一年只结算两次。对女孩儿们来说,由于客人不能按时支付费用,而使自己拿不到回扣和服务费,店里收取的价款又必须垫付,就需要很多的资金支持。”

“一个人得有多少资金呢?”

“每个陪酒女都不一样,陪客少的女孩儿,得二三百万日元,陪客多的女孩儿,没有以千万计的钱就难以支撑。”

“赊款是什么呢?”

“我想,这词来源于英语的‘advance’,是所谓预支的省略。在从别的店里挖女孩儿时,可以根据约定销售额支付契约金,另外还可以根据需要,用这种赊款借支给个人。”

“用于购买礼裙或做一双新鞋吗?”

“有这种情况。大多数女孩儿在先前工作的店里有赊款,要结算以后才能转移工作。这种赊款数额多样,大多借三四百万日元。不过,这些赊款要按照半年或十个月的分期付款方式,从其月薪中扣除。”

“我说的那个女孩儿的赊款是七百万日元。”

“因为现在的客人不愿按期支付费用啊。比较受欢迎的女孩儿会累积到这么多。”

“这种情况真可怕……”

浦野觉得身上发冷。赊着那样的巨款而无法回收,那该怎么办呢?理加长着一副天真烂漫的模样,怎么会这么大胆呢?

“客人的欠款都是女孩子收吗?”

“是的。先由店里开具付款通知单,最终女孩儿负责收回。”

“要是客人不支付而逃走呢……”

“那当然要由负责接待的女孩儿偿还。”

“那太可怜啦。”

“一家店的营业额再高,领来的客人不付款,这家店就会倒闭的。所以,必须千方百计请客人按时付款。”

“原先有女孩儿遭受过损失吗?”

“有。前些时候,有个女孩儿被骗了二百多万日元。不过,那个客人就消费了四五百万日元。”

“那是怎么回事儿呢?”

“他骗了店里的钱,我也觉得很奇怪。”

“与其让那样的男人骗,还不如不提高销售额保险呢。”

“也有的女孩儿不想办法提高营业额,而是纯粹地搞援交。”

“那样既没有损失,心里也轻松吧。”

“可能。不过那种女孩儿的薪酬会很低。”

“有多少呢?”

“一天就两三万日元吧。要是女孩儿长得漂亮,有时会达到四万日元。”

“那还不错嘛。”

“但是挺够受的,一天薪酬三万日元,一个月最多干二十天,也就六十万日元吧。说来月薪六十万日元,感觉还不少,仅此而已。像浦野先生您所在的大公司,说来薪酬不高,但加上奖金和各种津贴,收入要翻一番吧。那些女孩儿们奖金和津贴分文没有。再加上福利待遇不同,交通费和住宅费都要自己负担,现在住在离银座不远的山手线附近,像样的房间就得二三十万日元。要是再生病,那就完啦。平时还需要美容费、服装费什么的,经济上并不宽裕。”

“是吗?”

“也有的女孩儿不把这当回事儿,乐于搞援交。不过,援交归援交，店里付给的薪酬低得很，也会被营销业绩好的女孩儿颐指气使道：‘你去那边！你来这边！’”

“援交也很痛苦吧？”

“从事这个行业，主要凭实力，是否拥有众多优良的客人至关重要。店里也会重视营销业绩好的女人。”

浦野叹了口气。他原先去只是喝酒，什么也没注意到。看来背后存在着很激烈的竞争。

“不管做什么事，一旦成为工作，可就不得了了。”

浦野赞叹之后，又急忙摇了摇头。在这种场合，是不能对其抱有同情心的，毕竟自己是理加的保证人。

“我刚才说的事，您能给想个办法吗？”

说来说去，浦野讲话的口吻由说朋友的事逐步变成了说自己的事儿。

“并不是要你马上全额支付吧？”

“这还不太清楚……”

“赊款是借款，女孩儿不见了，你当然要全额支付。赊款应是下面要缴的钱……”

“往哪儿缴？”

“就是这个问题。有这种客人的女孩儿都是让对方把钱汇进自己的账户,然后再向店里缴纳。”

“这么说的话,只要抓住这本存折就可以。”

“她可以把存折和印鉴放到店里,也可以自己拿着。如果是她个人拿着,就会有意想不到的麻烦。再说女孩儿从店里走掉了,赊款是很难以追回的。”

“不还酒费吗?”

“店快要倒闭了,我们也不愿意追缴这笔欠款。与此相同,女孩儿跑掉后,店里再付给她薪酬,就觉得吃亏了。”

浦野抑制着激动,大口啜饮着凉咖啡。

“客人不净是那么差的吧?”

“店里每月要给欠账客人寄汇款通知单,他们才给汇款。要是客人把欠款汇到女孩儿账户上,那就完啦。”

“银座有的女孩儿对此放任不管,欠款一千万日元,这没事儿吗?”

“如果女孩儿扔下预付款和赊款逃走,以后就不能在银座干啦。尽管有这么多店招聘女孩儿,这种信息很快就会被泄露的。再说店里也会想方设法寻找她。”

“女孩儿那么逃走，也就不想回来了吧？”

“这个弄不清楚，可能逃走了，就是这样吧。”

浦野眼前重新浮现出理加的脸庞。想不到那样一副天真烂漫的面孔，却无法无天地干那种事。

“像这种情况，店里经常有吗？”

“经常有。不过现在各家店都在设防。你刚才说的是哪家店？”

“银座的……”浦野说了半截，又闭口不谈了。如果稀里糊涂地说出店名来，老板们横向联系很多，也许信息很快就会透露。

“搞不清楚名字，好像是个很独特的店。”

“也有的店是痞子开的，如果是这种店，就很麻烦。”

“痞子？”

“表面上看不出什么来，银座也有不少这样的店。不过，虽说是痞子开的，付费、消遣也没有什么区别。有的经营状况反而比别的店要好。”

“应是催收很严厉吧？”

“也许有这种倾向，但不管是哪家店，对七百万日元赊款，都不会沉默吧？”

浦野在沉思。“巴泰拉”老板用长长的手指夹着香烟，慢慢地吸着。

“该不是那个女孩儿的丈夫做保证人吧？”

“不，不是。不是个靠不住的人。”

浦野急忙地加以否认，老板露出意味深长的苦笑。

“该不是一起睡过两三次吧？”

“不清楚……”

实际上，浦野做了保证人以后，曾和理加去过三次旅馆。都是在他们酒兴大发时，自然形成那种气氛并顺其自然的结果。理加还是像以前那样，对性交不太感兴趣。

虽然浦野盛情相邀，但对理加来说，喝酒或去迪厅跳舞，都要比那样约会快乐得多。浦野说服理加去到旅馆，理加往往会说肚子饿，让浦野从外面给她订饭，或沉迷于看夜间电视。即使上床，也被动地等待别人拥抱她，似乎拥抱要胜过性行为本身。概括起来说，理加对性交不感兴趣。

不过，浦野喜欢她这种率真的态度。不像有些女孩儿装样和忧郁。说起来，她对钱不是很贪婪，也没有对任何事情都严冷的癖性，而是表现得泰然自若。这样的人作为玩伴，不易产生事后的纠纷，事事说得过去。浦野一直抱有这样的认识，绝对没想到自己会因为这个女人而被卷入债款事件。

“那个保证人可能和女孩儿有特殊关系吧，否则是不会当保证人的！”

“可能啊。”

“当然，也有没特殊关系的，多半是男友，也有人为了炫耀能给银座的女孩儿当保证人的，但为数不多。”

浦野觉得他是在说自己，很不自然地耸了耸肩膀。老板继续说：

“那人是不是从一开始，就让那个女孩儿给骗了呢？”

“不是，女孩儿好像不是那么坏。”

“那人可是个大好人啊。他干什么工作？”

“是一个经营蛮不错的公司的总经理……”

“他大概很有钱吧？出一千万日元怎么样？他从当上保证人，就应当对那个女孩儿有想法了。”

“一千万日元可是笔巨款啊。”

“在银座还算少的，有的被拿走过几千万日元。”

浦野又陷入沉思，老板安慰他说。

“不过，也有解救办法，如果正式打官司，就可以不付这种钱。”

“真的吗？”

“需要花费很多的时间和金钱，才会得到判决结果。据说必须始终坚持‘我绝对不付钱’的说法。”

“这样可行吗？”

“当然。现在的女孩儿找保证人时，我们都要调查保证人的地位和财产。要是一流公司的杰出人物或名人，我们闯入他的公司或家里闹腾一下，他很快就会支付所有欠款。”

“使用这种手段吗？”

“对于一家店来说，七百万日元赊款也是一笔很大的数目。不会轻易放弃的！”

浦野不由得把手按在额头上，陷入更深的沉思。

三

浦野约见“巴泰拉”老板的第二天下午，那个叫村田的人又往公司打来电话。当时浦野正在召开部长会，散会以后，他看到电话记录上写着“浅井商事村田先生”。他本来不想通话，但桌子上的电话是直拨电话，来电话不能不接。他有种不祥的预感，恰在此时，电话铃响了，拿起话筒一听，果然是那个叫村田的人。

“前几天拜托的那件事，准备得怎么样啦？”

“又能怎么样，你……”

“您好像很忙碌，要是现在方便的话，我就去公司打扰一下。”

“你说什么？那不行。我现在没时间。回头我给你打电话，你在哪儿呢？”

“您能往这儿打电话当然好了。”

村田把对方的电话号码重复了两遍后，挂断了电话。

最近一周，浦野让村田的电话搅得有点神经官能症。昨天咨询了“巴泰拉”的老板后，工作就干不下去了。那个老板作为揽客行业的人来说，是个诚实的人，他曾说赊款绝对会催收的。凭着村田打电话催款的感觉，好像他比一般人更加执拗。

然而，现在就是让他出一千万日元，他也拿不出来。虽说他曾去银座喝酒，但这是他工作上的必要应酬，自己没出过一分钱。浦野今年四十七岁，只是个大型商事公司的部长，他作为工薪人员，可以说是业务尖子。儿子在上大学，女儿明年春天考大学，家里需要大把钱做教育经费，他七年之前购买川崎住宅的贷款还有一半没还完。

他一个月最多能拿出十万日元的零用钱，根本不可能拿出一千万日元的巨款来。

“你还是应该断然拒绝……”“巴泰拉”老板的话又回响在耳边。

浦野有个习惯，他人一兴奋脸就发红，并不自觉地摇头。他自己不注意爱护身体，本来血压就有点高，不应忧虑或兴奋。

“绝对要拒绝他！”

浦野嘟囔了一句，站起来，离开房间。他任职的公司在大手町，占据着一整栋大楼。他姑且来到外面，朝对面大楼的公共电话亭走去。

“别兴奋，冷静点儿……”

浦野这样告诫自己，然后拨通了电话，呼叫村田。

“唉，我是村田。”

村田依然用那种小瞧人的郑重口吻作答。

“我是浦野，你最近的行为太过分啦！”

“怎么呢？”

“我既不是那个女孩儿的父亲，也不是她的老公，一个与其毫不相干的人，为什么要代付那样的巨款呢？”

“您的心情我能理解。你是她的保证人，还是请您遵守法律！”

“你说何法律？就是从法律上说，我也没有付款的必要。打官司，你会输的。”

浦野觉得心里有点底气，就理直气壮地说。村田却泰然自若地质问：

“您想打官司吗？”

“根据情况可以考虑。”

“要打官司，可以。先要弄清楚多少欠款，才能打嘛。”

好像村田这次要从别的点上去突破。

“要是方便，我下面就去你们公司说明一下。”

“不行，不能来公司！”

“但是我们要设法拿到欠款。”

“你说得那样毫不客气，让我给一个陌生的女孩儿支付一千万日元，你不觉得荒唐吗？”

“这一点当然应当同情，可我是受总经理吩咐行事。”

“总经理是谁？”

“他叫龙田大三郎。”

“他是何方人氏？”

“成川组的干部。”

“你说什么？”

“如果您不介意，我可以让总经理给您打电话。”

“不，不用……”

浦野左手拿着电话，挥了挥右手。

成川组的干部是干什么的呢？怎么没听说过，也许是痞子。

“您工作很忙，为解决此事，您总得和我见个面吧！”

“……”

“明天或后天都可以嘛。”

“那就后天……”

没办法，浦野与其约定第三天晚上六点钟在有乐町站前的咖啡馆里见面，尔后挂断了电话。

四

在见到村田的前两天，浦野加紧寻觅理加的行踪。理加的电话号码他知道，也曾经去过她住的公寓。公寓在相距青山二丁目的十字路口一百米的地方，公寓蓝色的屋顶给白色墙壁增添了静雅的色彩，具有年轻女性喜欢的那种外观。

有一次，浦野一边开车送理加，一边说：“盼望着能够在你的房间里喝杯咖啡！”但被她婉言拒绝了：“不行的，我和妹妹住在一起！”很多陪酒女郎都以此理由拒绝对方，但理加的境况好像属实。浦野有时打电话，会听到和理加一模一样的女声。

理加没让他进过房间,但他知道理加的姓氏是村井。他跑到公寓向宿管人员打听,人家告诉他:村井理加在一个月前就离开这里了。

“她是搬走了吗?”

“可能是吧。行李也拿走啦。”

“她妹妹呢?”

“半年以前就走了。”

“知道她去哪儿了吗?”

“她说她回北海道结婚。”

原先曾听说她妈妈有病,她要回北海道探望。要回去结婚,还是第一次听说。

“她后来没跟这边联系吗?”

“没有啊。我们还给她保管着洗好的衣服,真难处置啊。”

既然是这样,就无法寻踪了。浦野一边朝青山大街走,一边感到渺茫和绝望。

也许像“巴泰拉”老板所言,自己被骗了。难道是理加看到预付款和赊款金额在剧增,伺机和男人深夜潜逃了?

浦野算了算:如果支付一千万日元,那么,他和理加一共去过四次旅馆。去一次就需付出二百五十万日元的代价。

这个女人多贵啊！女人确实很可怕。他一边这样想，一边又从心理上否认理加是个骗子。

她是不是中途搞上男人，受这个男人指使呢？理加人不错，是不是她上了那个男人的当呢？

就算她有了自己喜欢的男人，从接待其他客人的态度上总能体现出来。三个月之前，两人最后一次去旅馆，她和往常毫无二致，自己脱掉衣服，钻进被窝，等待浦野的进入。做爱之后，她说自己的按摩技术有所长进，温柔地给浦野按摩肩膀和腰部，她要是有喜欢的男人，可能不会这样主动和体贴吧。

也可能是她把任何事情都视为儿戏，对睡过的客人，过后还会以身相许。也可能是她单纯地为消遣而消遣吧。

浦野浮想起许多往事，但怎么也不认为理加是以骗人的目的与他接近的。

她应该是让男人骗了，如果真是这样，见了村田用不着让步。

虽然给她做保证人，也没必要支付其他男人的欠款。浦野这样告诫着自己，并自满地点点头。

他下定了绝不付款的决心，可在约好的咖啡馆里，乍见到村田的面时，一下子就崩溃了。

对方说两人见面时，他会穿白色的短上衣，把一本《周刊日日》放桌上作记号。浦野到达咖啡馆后，看到最里头的雅座里坐着一个男人。这个男人穿着白色的短上衣和红色的敞领衬衫，戴着墨镜。看上去像个痞子或者赌徒。

如果让这样的人来到自己工作的公司，那会关系到信用问题。不过这人的言辞依然很诚恳。

“承蒙您在百忙之中大驾光临，非常感谢！”

村田特意站起来向他鞠躬，劝他用饮料。浦野想抽支烟镇定一下心神，刚把烟叼到嘴上，村田立刻拿起打火机为他点燃。因为村田戴着墨镜，看不清其眼神，约摸有三十五六岁年纪，动作很敏捷。

“您时间宝贵，咱们马上谈正事！”

村田说着，从手提箱里取出一沓文件。

“为明确起见，我把保证书拿来了，请先看一下！”

洋白纸上有打印的文字，最后一行写着理加的本名和浦野的名字，加盖着两人的正式印章。

“这是未回收的详细款项，这部分是预付款，这是赊款。”

村田又展开复印的文件作说明。

“总共一千零十二万日元。”

浦野看完文件，想重新核算一下数额，对方马上递给台式计算器，用手指着页面说：“这是每个月的合计部分，这是详细数目。”看样子，他脑子很好使。

“这些款项全部让我支付吗？”

浦野不由得使用了敬语。

“对不起！”

“赊款是早晚要收进来的钱吧？”

“是的。但我们没有办法保证确确实实汇进我们账里来。”

“那个女孩儿还健在，也许汇进来得晚点嘛。”

“敝店大致以四十五天为限结算相关费用，她已经有两个月不在了。”

“要是客人中途汇款到店里，那怎么办？”

“其中该扣的部分，当然得允许我们扣除。”

“预付款是进店时借，过后从月薪中扣发，总额是逐步减少的。”

浦野开始卖弄起他跟“巴泰拉”老板学到的知识。

“是的。可她在三月份又追加了一百五十万日元借款。预付款部分加起来共三百万日元。借据在这儿。”

村田从纸袋里麻利地拿出文件，请浦野看，日期是三月五号，数额是一百五十万日元，有理加的签名。

“无论你怎么说，我也无能力支付。”

“当然知道您经济上够呛，请您想想办法！”

村田两手扶在桌子上向他鞠了一躬。村田身材高大，又戴着墨镜，鞠躬显得无聊。

“我如果不支付，那会怎么样？”

“一流企业的部长，不会做这种事吧。”

“不管是部长还是什么，支付不了就不支付啊。”

浦野有点自暴自弃地说。村田慢慢地点点头，说道：

“无论如何都要拜托您！”

“我做不到啊。”

“请允许我从您的工资中扣除好吗？”

“你是说从我的工资中扣除？”

“我觉得这是最可靠的……”

“别开玩笑！工资是直接汇到家里的。”

“我去你们公司，拜托总经理或董事给办理！”

“你可不能这么干！”

“那您就另外想个办法……”

村田表面上很有礼貌,实际上是在胁迫。

“我觉得您还是快点支付比较明智。”

确实,如果上司知道浦野给银座的陪酒女郎当保证人,受了欺骗,又抵赖债款,正在受到胁迫,那他的处境就很危险。原先的一切努力就会化为泡影。

怎么办呢?浦野揩掉额头上的汗珠,微闭起眼睛。

这是他四十七年的生涯中,所呈现的最大危机。

“只要您能及时付款,我什么也不再说。请您想方设法努努力!”

浦野抑制住烦躁的情绪,紧紧地咬住嘴唇。可能是血压升高了,自己能感受到心脏的跳动。

“如果怎么都不合适,还可以采取分期付款的办法。”

“那是什么情况呢?”

“这我得先请示一下总经理,才能告知,比方说分两次支付,一次五百万日元。”

“可是……”

“暂时支付一半,就算宽限了。”

浦野思考片刻后,嘟囔道:

“要是一次支付二百万日元……”

“那不行，因为总额是一千万日元。”

“要是从我工资中扣除的话，一次最多能扣五到十万日元。”

“再让一步，你暂时支付预付款三百万日元行吗？只有预付款是纯粹的预支款，您不马上支付这笔款项，我会遭到总经理呵斥的。”

“……”

“然后，您再按月付款，六月付四百万日元，七月付剩下的三百万日元。这样可以向总经理做一下解释。”

“那样负担过重……”

“也许过几天，咱们能弄清她的住所。只要能找到她，就能回收赊款，如果您垫付款项，可以把店里的付款通知单缴给你，回收的赊款可以汇入部长的账户。”

“是要我催收吗？”

“您可以另开个别的名义的账户收款，那样也许能有好处。”

对此，浦野懒得回答。

“总之，您在下周二以前先支付三百万日元吧！”

“那么早……”

“十天正好是一个段落。请您在这儿签个字吧！”

村田麻利地从纸袋里取出债券约定书,开始填写数额。

五

浦野在约定的十天之内,一直思考还款一千万日元的事儿。

该不该支付呢？他思来想去,都不认可是自己该付的钱。可是,要是村田拿着保证书找到董事那里,那就全完啦。那个人不只是嘴上说,确实也能做得出来。自己的事业当前发展得很顺利,正奔着董事这一最重要的职位迈进,正在设法超越对手。

“还是按约定支付吧……”

浦野独自嘟囔道。关键时刻不能因小失大。可是那钱怎么办呢？对方说可以暂付三百万日元,这笔钱对于浦野来说,也是一个很大的数目。

把邮储存款和银行存款凑到一起,差不多有那么多钱。但是,存折和印鉴都在妻子手里。如果悄悄地拿出来,事情马上就会败露。

向他人借钱吧,没有人会一下子借给你三百万日元。他想到在长野开运输公司的哥哥,但自己建房时,已经借了哥哥五百万日元。而且要等到还清银行贷款才能还这笔钱,因而不好再开口借钱了。

如果找到工作上有交易的其他公司的总经理,也许可以通融一下，但风险犹存，除去对方求得汇报，万一让自己所在的公司知道了，就会成为影响自己前程的重大问题。

“怎么办……”

正当浦野左右为难时，脑海里突然浮现出了“高利贷”这个词。

自己原先没有什么特殊的情况，从未借过高利贷。也许在这样困窘的时候，它可以解燃眉之急。

然而，要是借钱时被人看见，那一流企业部长的面子就丢尽了。

可是还款迫在眉睫，已经不是讲究体面的时候了。如果十号以前凑不起钱来，那个戴墨镜的男人就会直接跑到公司里来。

星期一下班后，浦野壮起胆儿去寻找高利贷公司。他前几天从报纸上看到一则高利贷广告，便舍近求远循着去了一家离大手町很远的上野那边的高利贷公司。

这家公司租住在某座大楼的一个房间内，规模很小，工作人员却意想不到地开朗、热情。

“请在这里填上姓名、住所、工作单位、职务和申请金额！”

浦野写上了“三百万日元”。店员一边比对身份证明书，一边问道：

“金额好像挺多的。您是太阳物产的部长？”

对店员来说,好像借钱人的地位要比借钱的理由更为重要。可能对方有这种想法:这人在一流企业里地位高高在上,放贷不会有闪失。

店员去到柜台里头,和上司商量了一番后,又折返回来。

"可以借款,利息是每月九分。"

"九分吗……"

浦野觉着利息很高,但现在容不得自己任性。

第二天,浦野在有乐町的咖啡馆里见到村田,把三百万日元交付给他。

"现金收到了,马上写收据。"

村田把成捆儿的钞票塞进黑皮包,用让人出乎预料的漂亮字体写下收据。

"还有,这是理加的赊款细目。我从账簿里抽出来了,请您看一下!也许一部分已经进了她的存折。这是上周末大致结算的数额。"

村田放下复印的四张纸,讨好似的朝浦野笑了笑。

"好像部长最近没光临我们的店,理加不在了,就觉得无聊吗?"

"不管无聊不无聊,这样被强迫付款,肯定不愿意前往。"

“我理解您的心情，请您抽空大驾光临！那剩下的钱，拜托您下个月十号准时缴给我！我先行一步了！”

村田这样郑重地告辞令人气恼。他说完急匆匆地离去了。

浦野一个人留在咖啡馆里，无奈地叹了口气，转而又生起气来。

说起来是代还欠款，这不和抢劫一样吗？

“欺负人！”

浦野一边自言自语，一边审视村田放下的账单，账单上面密密麻麻地写着赊款的细目。

账单上有“大朋电机”“三溪商事”“智能产业”“山贵钢铁”“三机兴业”等各种各样的公司名，中间还掺杂着“宫边”“松田”“横山”等未付款客户的名字。一般欠款十万日元左右，多的近五十万日元。

浦野想到要自己支付全部酒费，与其说懊悔至极，莫如说羞耻难耐。为何自己要体验这种愁苦呢？

我能去他们的单位挨家转着收款吗？这般模样的中年男人，说是理加的代理人，人家不会相信吧。况且人们知道太阳物产的部长给酒吧集款，那就成大笑话了。

“这个人面兽心的畜生……”

理加在哪里呢？此刻如能找到她，就把她拽出来，狠狠地揍一顿。或者在大马路上给她扒光衣服，让她装成狗转三圈，这也解不了心头之恨。

浦野幻想着狠狠地教训她，但又做不成。他把玻璃杯里剩下的冰块含在嘴里，咯吱咯吱地嚼。突然又感到一阵轻微的眩晕。

可能是血压又上升了，心脏跳动的声音清晰可辨。

“一定要沉着、冷静！”

浦野自己开导自己，并把桌上放着的擦脸巾按在额头，慢慢合上眼睛。

从那天算起，时间又过去了近一月，浦野在公司里一直不能专注地工作。他每天都懒得阅读电传文件，就是参加会议，也总心不在焉。以前经常提出立意新颖的方案，引起董事们注目，现在只是默默地坐着，一言不发。就连晚上聚餐，也很少说话，负责机械部的常见专务董事曾提醒过他：“你这阵子没精神啊！”

他也意识到老这样不行，但总是不由自主地挂心下月十号付款的事。

下次要付四百万日元，还得去高利贷公司，利息还要增加。他上月借的三百万日元贷款，已产生了二十七万日元的利息。

浦野一直焦躁地思考。时间刚进入次月，村田立刻打来电话提示：

“下次还款是十号，四百万日元，别忘啦！”

“稍微等等吧！”

“债券约定书上定好的，您必须支付！”

村田的话语依然有礼貌，所说的内容却很冷酷。

付过三百万日元，接着再付四百万日元，怎么能拿得出如此多的巨款呢。干脆丢开不管啦。浦野突然想改变主意，但是，如果变了卦，上次支付的三百万日元可就白费了。要是村田再闯到公司，先前的努力就没有意义了。

看来，村田这个人好像专管催收欠款。

浦野被索取三百万日元后，曾向“菲布莱”的老板娘打听过情况，据她说浅井商事公司里没有人姓村田。

“服务行业不会起用那种长相挺凶的人。那个人是专管催款的。”

“我付出的三百万日元呢？”

“确实已入公司账啦。”

二次付款的日子快要到了，浦野越发觉得走投无路了。

从过往看来，村田肯定是个流氓催债者。如果到时候不支付，不知他会做出什么事来。

怎么办？浦野在极度困惑中挨到了五号。再有五天就到十号了。这笔四百万日元的巨款怎么筹集？就是从银行提取，也需要两三天时间。

况且一次性提取巨款，只能预支退职金或请求预付奖金。

按自己的履历计算，退职金可拿到接近两千万日元，而一旦提取，今后的工龄就几乎没有意义了。再说没有相当的理由，如家属患重病，或者遇到重大事故，公司也不会批准。提取退职金实际上就是按退职看待，晋升的可能性也就没有了。

除此之外，只好请求预付奖金，幸好六月底发奖金，为期不远。去年发了三百万日元，今年也许能增长一点。以此为基础，再从高利贷公司借一百万日元，就能勉强凑齐，但请求预支奖金，需要相当的理由。

家属负伤，或增建房屋，或孩子去海外留学等，无论什么理由，公司一调查就能知底，作为等不到月底而预支的理由，很难编造。

经过反复考虑，最后选定与老家的哥哥挂钩。说哥哥的公司倒闭，自己给他当保证人需赔款这个理由。

这样说，难以调查，钱款告急的理由也成立。再说，给他人当保证人者会碰到倒霉事，既有共性，又受人同情。

可是，预支的事实早晚会被妻子知道，当前要尽最大的努力予以掩盖。

想好理由的浦野第二天去到公司，向常务董事提出申请。

“请给关照一下！”

“那就得救急济困啊。”

常见专务董事很简单地就同意了，他叮嘱履行手续，然后看着浦野的脸庞说：

“我顺便问一句，你最近气色不好，该不是哪儿不舒服吧？”

“昨晚有点睡眠不足。”

浦野强装笑容作答。他最近确因代理加还款的事，睡不着觉，白天也感到疲劳。他想等这次付款结束，做一次全面体检。

六

就在预定二次付款的十号前夜，浦野突然发生了轻微的脑溢血。

那天下午，浦野先去新宿的高利贷公司借款一百五十万日元，又去上野只交了利息，回到川崎的家时，已过九点钟了。

孩子们吃完饭，回到各自的房间去了，他和妻子仍在餐厅吃饭，饭后，他到客厅的沙发上躺了下来。心不在焉地瞅着电视上的西洋电影剧场。过了一会儿，想去洗手间，刚一站起，突然感到一阵眩晕，继而眼前一片漆黑，他像梦游症患者一般，将手伸到胸前，摇摇晃晃，不能立足。

“爸爸怎么啦？好像喝醉了……”

妻子没往坏处想。浦野一只手扶住沙发，软绵绵地滑了下来。

“孩子他爸！孩子他爸！”

妻子惊讶地呼叫，浦野只是“嗯嗯”地点头，继而闭上眼睛沉睡了。

妻子急忙在铺着席子的房间里铺好被子，让孩子们帮忙抬丈夫躺下来，并呼叫了医生。浦野的脸有点红胀，轻微地打着呼噜。医生测量了血压，确认收缩压一百八，尔后注射了药物。

“这是脑溢血发作，症状比较轻微。”

果如医生诊断，过了深夜一点，浦野恢复了神智。

浦野皱着眉头，轻轻摇晃脑袋，像沉睡千年，突然醒来一般地睁大眼睛，环视四周，尔后喃喃自语：“钱……钱。”

“爸爸，您说什么？”

“钱……钱……”

“钱怎么啦？”

浦野好像想说什么，却说不出来。口角积满了唾沫，并不停地轻轻咳嗽。

“不要动！不能动！”

妻子在一旁不停地劝说，浦野又闭上眼睛慢慢睡着了。

第二天早晨，医师又来诊查，判定活动身体没事儿，并劝他住院。家属也赞成。正准备下午去医院时，浦野却提出自己要在傍晚以前去趟有乐町。

“岂有此理！现在外出走动，如同自寻死路。再说腿脚也不方便。”

医师说着，挪开被子，让他活动腿脚看看，实际上他只能微微地动动脚尖，整个腿部根本不能动弹。

“脑血管破裂出血，会使支配手脚运动的神经受到侵害。他是不是这一阵子过于劳累？”

医师问道。妻子点点头，说：

“他好像有什么特别重要的工作，每天晚上都睡不好。我劝过他不要勉强，可他这个人是工作第一……”

“幸亏病情轻微，只要积极治疗，安静休养，基本能恢复到原来的样子。”

“多长时间能痊愈？”

“最少需要三个月吧。”

“只要能治好……”

妻子点点头，看到丈夫的脸颊上流下了几滴晶莹的泪珠。

“只要孩子他爸能得救，就很幸福啊。”

妻子一边安慰浦野，一边为他揩掉眼角上欲滴的眼泪。

那天傍晚，上司常见专务董事和下属户田科长听说浦野病倒了，手持鲜花专程从公司来探视他。

常见专务董事注视着躺在床上的浦野，鼓励道：

“我最近一直觉得你脸色不好，幸亏这次病情轻微。老兄不走运，以后要加强防治。若有下次，可就不会这么侥幸啦。好好休息吧，不要气馁！”

专务董事走后，浦野告诉妻子，说他给一个叫理加的女人当保证人，正在设法筹款还债。

“这事一直没告诉你，对不起……”

“真有这种事吗？”

妻子突然听到如此之说,犹如受到电击一般地吃惊和失控。浦野却满不在乎地启动已不太好使的嘴巴:

"你把桌子抽屉里的四百万日元钱,交给一个姓村田的人吧!"

"你都这样了,还要再办这事吗?"

"别管了,拿去还账吧!"

浦野自从病倒,就不再挂记当董事的事了。恰在节骨眼上生病,又因病导致长期缺勤。就是病好了,因为得过脑溢血,也难以恢复到以前的健康状态。就是恢复如初,也不能过于劳累,也不能去海外出差。很遗憾,他只能放弃当董事的人生理想。

"您为什么给那样的女人当保证人呢?"

妻子无法理解浦野的所作所为。

"我也搞不明白,只能说是中了魔。"

事情发展到这个阶段,无需再隐瞒实情,浦野只得正直地回答。

"真想把那个女人找出来撕成碎片啊!"妻子恨得牙根直痒。

"别瞎说!那个女人也许并非出于恶意。"

"您这么倒霉,还说得那么轻松!大夫说您的病因是精神上过劳,你还这么袒护她!"

"不是袒护。我可能就是这种命运。"

浦野虽然手脚不利落，思想倒是开通。

"我觉得委屈啊。"

"别说啦……"

浦野的情绪显得有些沉重。

七

大约过了半个月，时光来到六月底，理加突然在浦野的病室里出现了。

浦野正悠闲地沐浴着初夏的阳光，凝视着窗台上盆栽的凤梨，猛然听到有人敲门。回头一看，竟然是理加，她戴着草帽，穿着红色的水珠花样的太阳裙，手提一果篮，袅袅婷婷地站在病室门口。

"哎呀，这是怎么啦？"

浦野起初以为她是幽灵，定睛细看，确确实实是理加。

"我往你们公司打电话，有人说您患病住院，我就跑来了。对不起！好久没问候您啦！"

理加真诚地道歉，并朝浦野突着下颌和屁股鞠躬。浦野不得不朝她点点头。

"你去哪儿啦？"

“北海道。”

“没去你妈那儿吧？”

“没去。我找了个很帅的男友同居了。”

理加说得泰然自若。浦野无言以对。

“但我们很快分手啦。年轻人在一起不好相处。”

理加说完，把手上提着的水果篮展示给浦野看。说是“一点心意”。

“听说您患的是轻微的脑溢血，什么都能吃吧？”

水果篮里满是甜瓜、葡萄柚和橙子。

“放到这儿啦。”

理加把果篮放到盆栽凤梨旁边，从窗户里窥视外面的景物。

“哎呀，还是东京好啊。刚一回来，就感到轻松自在。”

“你目前住在哪儿？”

“在涩谷的朋友家里。我想在那一带常驻，但是房租很贵，家具也涨价，承受不了啊。”

理加叹了口气。她身着红色的水珠花样的太阳裙，草帽戴得有点靠后，袅袅娜娜的身影依然年轻、可爱。感觉不出受男人拖累的颓废。

“你还要在银座干吗？”

“想回‘菲布莱’啊，因为还有欠债。”

理加说着,凭一时高兴劲拍了拍手。

“对啦,听说部长替我支付了欠款,这是为什么呢?”

“‘为什么’?因为我是你的保证人嘛。”

“还是老板找人催收的吧?”

“他们说不付款就找我工作的公司,倒霉……”

“我完全忘记了欠款的事儿。您要是不支付就好啦。”

“有个人像流氓一样一直威胁我,我无可奈何。”

“那个老板动不动就采用这种手段,我下次要冲他发牢骚。”

事已至此,再说这样的话,已于事无补了。

“你为什么要跑去谁也不知道的地方,如石沉大海呢?”

“起先只是打算短暂地休闲一下,结果他劝我别回来啦。”

理加前段时间也许和男人玩得很开心,而浦野却因为替她还债而备受折磨,直至有恙。

“我忍辱负重、绞尽脑汁筹钱,不得已背上高利贷。”

“对不起!我目前一无所有,但要发奋工作,努力赚钱,一点一点地偿还。”

“……”

“一共让您垫付了七百万日元吧?真是对不起!”

浦野不能再说什么，只能苦笑以对。理加摘掉草帽，两手提起裙子下摆。

“这条裙子合身吗？”

“挺合身。”

“那我太高兴啦。我给您削个水果吃好吗？”

“不用。”

“我特意拿来水果……”

“从这里看着果篮，就很开心。”

“是啊，果篮放在花卉旁，显得缤纷华丽啊。”

奇怪的是，浦野原先那样痛恨理加，此刻理加站在眼前，却没有一点愤怒。

“下步要住哪儿？”

“因为房租便宜，想住到晴海。那儿离银座近，还能看到海。”

浦野想象出他和理加翘首眺望大海的身影。此刻，理加开始不停地瞅门外。

“被人撞见就麻烦了，我要走啦。”

“你要走吗？……”

“您什么时候能去公司上班？”

“大概这个夏天不行了,恐怕要等到秋天吧。”

“那我找时间再来看您。部长快点儿好吧!好了再来店里。”

“去店里嘛……”

“直接去我的房间也行啊,下次我要对您更加热情周到啊。”

“已经晚啦。”

“但是我等您。”

浦野苦笑了一下。理加也嫣然一笑。她轻轻挥了挥手,说了声“拜拜”,从病室里走出去了。

当细微的皮鞋敲地声消逝在走廊尽头时,浦野翻了个身,把目光冲向窗口。

包着玻璃纸的水果篮反射着午后明亮的阳光,敷在篮子上的粉红色饰带垂软而艳丽。

浦野眼睛盯着饰带,口中喃喃自语:

“她还让我去她店里……”

以后会不会前往,浦野并没有自信。也许自己为公司业务而讲究排场地到处转悠着畅饮的时代,应该结束了。

对于替理加付款的事,浦野没多么后悔,他似乎宽容地理解了这件事。

非致命伤

一

重村有三个月没来京都了。

他曾在某杂志上发表连载文章,介绍日本省代表性的庭院,因此,每个月都会来京都。

他游览过全国各地的各类庭院,但要说著名的庭院,还是京都多。

连载文章发表到六月份就结束了。从那以后,他好久没来京都。最近,他要将连载过的文章汇编成书,顺便再来京都看看庭院。

他是美术评论家,鼓足干劲工作了一年,想编纂一本没有谬误的书。

掐指算来,他已有三个月没到京都,最后一次光临是初夏,现在已经入秋了。

他上次来的时候，东山还是一片新绿，现在已从山巅向下呈现出霜叶之红，随风飘去的云朵，向山麓投下很大的影子。

他到来当天，看完位于二年坂的S先生家的庭院，暂且回到旅馆。到了晚上，又和同行的编辑来到外面的大街上。

时间已过了六点，在秋季凉爽且宁静的氛围中，路灯和霓虹灯开始闪烁。

两人先去位于三条[①]下面的饭馆吃饭，饭后散步去了河原町[②]大街。三个月没来了，街上又建起了一座很高的商业大楼，大楼的橱窗里展示着华丽的妇女用品和进口商品。只从外观上看，这里和银座没有两样。

重村与编辑溜达到四条，习惯性地拐向左方。

重村一直这样，来京都就住在三条的鸭川边上的F旅馆。他经常从那里去河原町，然后下到四条[③]，再向左拐朝着祇园[④]的方向去。

这是重村漫步夜京都时的一条常规路线。

---

①京都的街道名。

②京都市与鸭川并行的南北走向的街道。

③京都的街道名。

④地名，指京都市东山区以八坂神社为中心的一带。

他们从四条河原町朝祇园方向溜达，走到桥头与先斗町的交叉路口时，停了下来。

“我有家店很熟悉，顺便去看看好吗？”

与他同行的编辑姓平野，也是三年前来过且只来过一次，对这里的境况并不熟悉。

重村这么说，平野就顺从地跟着他来了。

凉爽的秋风吹向两人泛红的面庞，吹向先斗町狭窄的小路，吹得白鸻图案的灯笼轻轻地摇曳。

重村带领平野进了一家叫“睦月”的酒吧。

这是那种京都特有的、门面狭窄而进深很长的店。他们先在门口脱掉鞋子，从走廊中穿过去，进入铺着竹席的房间。房间一侧纵向布设着长长的柜台，柜台周围切掉了地板，可把腿脚放下去。

时间已过八点，可能是首批客人已撤走，店里人比较少。

重村和平野在柜台中间位置并排坐了下来。

“哎呀，真是稀罕！”

这家酒吧是一对姐妹开的。姐姐看到重村来了，便靠了过来。

“好久不见了，挺好吗？”

“哎，托您的福，挺好的！”

姐姐三十二三岁，妹妹二十七八岁，据说姐姐仍是单身，妹妹已经结婚，还有一个孩子。

“今天是来看庭院的吗？”

“想把看过的地方再确认一下。”

“那可不得了，需要到处跑，辛苦啦！”

重村在五年前曾请同为评论家的上野来过这里。从那以后，他每次来京都都顺便来这里。

“您喝点儿什么？”

“对啦，喝点儿酒吧！”

面对习习的秋风，喝点儿酒是比较惬意的。

“这里有点儿特色啊。”

平野一边接受敬酒，一边环视着四周。在这再普通不过的、铺着竹席的房间里安装上柜台，敬酒的女人端坐在竹席上……这是在东京看不到的风景。

“对面是鸭川吗？”

“是。到了夏天，这前面会搭晾台。不过没有现在的空调凉快，晾台好像不太受欢迎了。”

“那电车是？”

“京阪[1]往返车。这儿过了桥,就是车站。”

现在天凉了,从开着的窗户里可以看到夜间的鸭川,京阪电车上明亮的灯光疾速地掠过。

“请!”

姐姐友子接连向重村敬酒。重村突然想起什么,向姐姐问道:

“富井的老板娘挺好吧?”

“哎呀,先生您不知道吗?”

友子斟酒的手突然停住不动,两眼凝视着重村。

“发生什么事儿了吗?”

“那个老板娘死啦!”

“死啦?”

“唉。”

友子点点头,降低了一下调门:

“她自杀啦。”

“自杀啦?”

“大概是两个月前,梅雨刚结束时。”

“为什么?”

---

① “京阪电气铁道”公司的简称,“京”是指京都,“阪”是指大阪。

“不知道，她把切鱼片的刀冲这里扎！”

友子“嗖”的一下把拳头顶在穿着和服的左胸口。

“据说铺席子的整个房间成了血海。”

重村放下尚剩半杯的酒盅，长叹了一口气。

二

“富井”是一家茶馆的名字，位于先斗町，与这家叫“睦月”的酒吧相距不远，朝向相同，也能从铺着席子的房间里看到鸭川和京阪电车。

重村之所以看到京阪电车，就问富井老板娘的情况，就是因为两家都能从铺着席子的房间里看到相同的光景。

富井是友子介绍给重村的。

“我想在先斗町那边消遣一下。”

当时，重村提出了这样的请求，友子说，我给您介绍一家茶馆，于是就把“富井”的老板娘介绍给了重村。

“老板娘很严谨，也很能干。”

友子在先斗町长大，曾做过艺伎，对周围的境况很熟悉。她这么说，让人放心。

富井的老板娘是个很能干的人。据说她现在五十二岁，但身材矮小，比实际年龄看上去年轻两三岁。总爱穿着藏青色的和服，留有头发梳到一边且卷起来的独特发型。

老板娘是圆脸，脸盘儿绷得很紧，却显得很舒展。

她一个人掌管着“富井”，好像还育有一个孩子，因为离得远，两人很少见面，她和亲戚们也没有多少交往。

她的店里雇着一个女佣，女佣的家相距不远，她自己就近住在一处僻静而较为宽敞的复式楼房里。

据说她很爱干净，一点点灰尘也无法容忍。也许是这样的性格，促使她抗拒与别人同居。

也可能由此而导致她十几年来一直没有男友。

狭窄的烟花巷里的人打保票说，她是个非常坚强的人，这一点应该没错。

“老板娘也会偶尔地消遣一下，歇口气吧！”

重村半开玩笑地对老板娘这么说，她急忙摇摇头，一脸认真地说：“这样的事儿太可怕，我做不到。”

“男人没什么可怕的嘛。”

“不是说男人可怕，是说自己可怕。”

或许她曾经历过热烈的恋爱，从她现有的平静表情中无从想象。

重村一般是在晚上八点半或九点左右去富井。

在一般的茶馆里,六点左右会有第一拨宴席。因有饭餐,很热闹。要是单纯和艺伎说几句话,也要花钱。第二拨宴会比较轻松和划算。

参加完第一拨宴会的名伎有时仍在第二拨出现。在行的客人好像都在第二拨消遣。

虽说东京有父母遗留下来的房产,但重村根据自己的现有收入,觉得还是晚点儿去更合适。

话虽如此,如果点名伎,几天前就要预约,重村一般是当天或最多提前两三天打电话预约。

重村一说要去富井,老板娘一定先问他:"您要哪个艺伎?"

"哪个都行。我和朋友同去,只要老板娘在场就行。"

因为是通电话,重村说得很轻松,老板娘娇嗔地说:"先生又开玩笑!"说完,咯咯地笑起来。

说实话,对于重村来说,叫哪个艺伎都无所谓。有些上了年纪的艺伎性格开朗,说话令人快乐,强于那些穿着盛装、花枝招展却不苟言笑的年轻艺伎。

尽管老板娘询问重村"您要哪个艺伎?"心里却很有数,重村一去,她就会根据客人数量安排说话风趣、张弛有度的艺伎伺候。

如是未预约突然到来，当场抓不到走红的艺伎，她就会安排一个美伎过来服侍一段时间。总之，她会把一切安排得停停当当。

富井这个店门口也很狭窄，等候室通到里头的走廊两侧有中庭，里头有铺着席子的房间。无论什么时候去，院子、铺着席子的房间以及洗手间都打扫得干干净净。

有一次，重村住旅馆睡不着，早起到先斗町散步，在时隐时现的朝霭中，看到有人在打扫卫生。

是谁这么早在烟花巷打扫卫生？走近一看，是富井的老板娘。

重村再去富井时，对艺伎们谈起此事，艺伎们半认真地说："妈妈就是喜欢打扫卫生。"说完，哄堂大笑。

老板娘身子倚在一步之遥的门槛旁，微笑着"享受"这些话。

房间里再怎么热闹，老板娘都不会主动插嘴问话。

时间很晚时，女佣下班回家，就剩下她一个人。电话响起，或冰块不够用等，她里里外外自己忙活。

老板娘忙里忙外，重村反倒对老板娘有所担心。他和围坐在桌旁的艺伎们闲谈，心里却挂记着在身后忙的老板娘。

并不是说他喜欢或看中了老板娘。老板娘比四十七岁的他还大七岁。

也不是重村乐于追求异性。奇怪的是,只要老板娘坐在铺着席子的房间头上,重村就感到沉着和从容,有种亲和京都的踏实感。

从尽头的房间里也可以隔着鸭川看到京阪电车。

重村喜欢让目光沿着艺伎们的鬓发和侧脸重叠眺望河流和电车。不知什么缘故,他这样感觉到京都既狭窄而又宽舒。

这个老板娘和重村曾在外面喝过一次酒。他们边喝边聊,聊得格外起劲,以致过了夜里十一点。

重村醉得厉害,老板娘也被动地喝了不少酒,眼眶发红。

“怎么样,老板娘偶尔外出喝点儿酒,客人就不会来了吧?”

后来,重村再作邀请,老板娘便用往常的姿势挥挥手,婉言谢绝:“您带比我年轻一点的人去吧!”

“如果老板娘不去,我就觉得很无聊。”

重村这么说,艺伎们一拥而上,齐口劝说:“老板娘一起去吧!”

“先生,老板娘真的喜欢喝酒。喝醉酒就有趣啊。”有人调侃。

“那就陪我再去一次吧!”重村央求。

“老板娘去吧!”

艺伎们又齐声相劝。老板娘终于抬起了沉重的身子。

“请稍微等一下!”

老板娘跑回自己家的二楼整理头发、换衣裳。过了一会儿,她走了出来,陪伴大家一起出发。

那天晚上,重村率众人去到花见小路上的一家酒吧。

老板娘到了那里仍很谨慎。有个弹吉他的人边弹奏边唱流行歌曲,年轻的艺伎们随声和弦。老板娘依然显露着微笑,默默地倾听。

“不唱支歌吗?”重村问老板娘。

“不,我不行。”

老板娘急忙挥挥手。据说她的三弦演奏水平很高,不亚于专业演奏者。

不久,重村喝醉了,随口说出了有点儿刁难的话。

“老板娘打算一直这样一个人生活吗?”

“到了这个年纪啦,这是很自然的。”

“太可惜啦。”

“也没有人找我这样的老太婆。”

“我觉得不应该,而觉得像老板娘这样爱干净而又谨慎的人,应是男人理想的人选啊。”

“别开玩笑!我是很可怕的。”

“不可怕,老板娘很温柔。”

“先生您不了解。”

“跳个舞好吗？”

弹吉他的人仍边弹奏边演唱，一组男女开始跳起舞来，重村便邀请老板娘伴舞。

“不，我不会跳舞。”

“不当紧，只要站在那儿就行。”

“别让我这样的老人出洋相啦！”

老板娘好像虫子匍匐在地，把身子缩成一团，颠步跑到雅座角上。

重村没再邀请老板娘，老板娘困窘的表情像少女初见情郎，让人觉得可笑。

老板娘好像对任何事情都很认真，是个不善敷衍的人。

比方说，她往东京给重村寄账单时，一定要在日本制式的便笺上写一句话。

“您好！快到开鸭川舞会的季节了。先生认识的艺伎们都会参加。如有时间，请来观赏！”

“暑中问候！昨天是祇园庙会，参加的人众多。东京也很热吧？请您保重身体！”

字写得不算好。方方正正的，像个小学生的手书，但每个字都写得很工整。

大概距今两个月以前，重村还收到过老板娘发出的账单。

三

“老板娘真的自杀了吗？”

重村把杯中的酒喝干后，向友子问道。

“起先说是他杀，警察也进行过各种调查和取证，没有勘察到抵抗的痕迹，说是有非致命伤。”

“非致命伤？”

“据说人用刀自杀时难下狠手，身上会留下很多轻伤，叫非致命伤。”

“怪不得……”

重村仿佛听到过这样的词。

“据说自己够得着的手腕子、脖梗子和胸口上都有伤。”

“可能是把心脏扎透了，才死的吧？”

“女佣人说扎过好多刀，都没死成，最后就把刀刃冲上，将整个身体压在上面才扎进去的。”

因为这件事情发生在相距不到一百米的同一条街上，友子说明得很具体。

“那么,是那个女佣人发现的?”

“是的。据说她早晨去报到时,老板娘正倒在血泊里呻吟。”

“当时她还活着吗?”

“奄奄一息,但还活着。”

“应该是很痛苦吧……”

“女佣人看到后,马上跟警察联系,救护车把她送到医院,据说到达医院后很快就咽气了。”

用切生鱼片的刀把心脏扎透,是不会得救的。

“如果发现得再早一点……”

“哎呀,一个人用刀自杀是多么痛苦啊……”

“这么说,她是穿着睡衣寻短见的?”

“不!是整整齐齐地穿着长衬衣,用细绳将两腿捆得紧紧的。”

老板娘临死都考虑得细致周到。

“没有遗书吗?”

“好像找过,什么也没发现……”

“可能她早有思想准备吧。”

“我觉得是……”

友子并不了解这方面的详细情况。

“可能是工作不顺利吧？”

“她那么严谨的一个人，不会是这样的。”

“或许是男女关系。”

“那个老板娘绝对不会有那种事儿。”

“是吗……”

“可能是传闻，说她有着一亿多日元存款。”

“那套复式楼房不也是老板娘的吗，可能是她突然感到寂寞，感到空虚……”

“一直是她一个人，不会从现在才开始感到寂寞吧？”

“那倒是，女人会阵发性地感到寂寞，感到疯狂。”

猛然间，重村想起友子也是独身一人，便有戒备地偷窥她的表情。

“怎么也犯不着用切生鱼片的刀扎心脏嘛。”

“人想死的时候，顾不得考虑这些啦。”

“纯属不正常啊。”

“是的，女人不正常。”

“挺可怕的。”

重村说完,想起老板娘时常说自己挺可怕。

“一定是老板娘往自己心里装得太多啦。”

“因为她不是那种爱发牢骚的人啊。”

“她要是活得再马虎点儿,也许就不会那样死了。”

对于这种说法,重村觉得能够理解。也许是随着年龄增长,她那种循规蹈矩且一丝不苟的性格,把自己逼进了万劫不复的深渊。

“她那么痛苦,不会不留下遗书吧?”

“我不这么认为。”

友子是瓜子脸。她用罕见的、斩钉截铁的口气说。

“正因为她太痛苦,所以没能写成遗书。”

“可能是这样的吧。”

“想不开的东西,用文字表达,连十分之一都写不出来。”

她这样说,重村也不得不首肯。现在自己想出的这本书,所述的内容连一半也没表达出来。何况人在求死而惊慌失措的时候,不会把所思所想都写下来。

“要是写不了,就干脆什么也不写。”

“也可能是彻底想开了,才那样做的吧?”

重村能理解独处的寂寞,却不能理解那种自寻短见的勇气。

“我做不到自裁，可总觉得能理解那种厌世的心情。”

“她可能深夜突然醒来而陷入寂寞。躺在被窝里想着想着，就不能自持了。”

“我认为是这样。”

“所以，像被什么追赶着一般地从被窝里爬出来，发疯般地取出利刃。”重村眼前即刻浮现出当时的场景。

京都的那个夏夜，街上的嘈杂声渐渐隐去。老板娘一个人手持利刃，从二楼的卧室沿着阶梯慢慢走下来。

数小时前铺着席子的房间里还充盈着客人和艺伎们的欢笑声，现在已鸦雀无声。

京阪的电车已经停运，左边只能模模糊糊地看到车站的三束灯光。黑暗的深夜中，只有鸭川在静静地流动。

此时此刻，老板娘面对的只有孤独。

这样活着有什么意义呢？自己尽最大努力地工作、赚钱，想要得到什么呢？难道就这样慢慢地老去吗？

周围没有人。

就在老板娘难解自命题的一瞬间，她突然将刀对准了自己。

老板娘在残存的一盏灯的昏暗光线中，面对着刀。

突然，切生鱼片的长刀对着老板娘喊道：

“就这样死了吧……”

老板娘被喊叫声所吸引，悄然把刀抵在胳膊上，一阵冰凉的感觉顷刻袭来。老板娘下决心死掉，尔后换上白色的长衬衣，用细腰带牢牢捆住双腿。

她在心里想：不管多么痛苦，即使打滚折腾，也要保持下摆的整齐。

重村想象到这里，恍然大悟地仰起头来。

“可能临死前，老板娘还在犹豫吧？”

“就是再想死，死前都会犹豫的。”

重村有点叹息般地做了一下深呼吸。

“现在的富井什么情况？”

“关着门。与她分居的孩子曾来过，说要把店卖掉。”

“是吗。”

“老板娘就这么随意地远去啦……”

“让人感到寂寞无助啊。”

当重村这样嘟囔时，京阪的电车又跨过鸭川，拖着长长的光线尾巴疾驶而过了。

岁月

一

“哎呀，咱们交往的时间够长的啦。”

由有子一边解着腰带，一边说。吉冈先钻进了被窝，他仰卧在床上点了点头。

“已经十五年啦。”

吉冈算了算，从他第一次见到由有子，确实有十五年了。

那时，吉冈已大学毕业，在现在的公司工作到第三个年头，由有子则是短期大学二年级的学生。

他们分别交往着一个异性朋友，偶然在咖啡馆里紧挨着坐在一起，通过寒暄就相识了。

吉冈至今记得当时自己是和大学时代的朋友稻田在一起，但记不得为了何事，说了些什么。

他只有一种印象：由有子是个认真而死板的女人。与他开朗且和蔼可亲的女朋友相比较，由有子的目光狡黠而警惕。

不过，年轻女人对于在咖啡馆里挨坐着就搭讪的男人有所警惕，是很自然的事。

因为是萍水相逢，吉冈只不过想适当地消遣一下。

然而，稻田和自己那个开朗的女朋友关系亲密起来了，吉冈反倒看中了由有子的死板，彼此搭配得也很好。

稻田与前任女友很快发展成男女朋友关系了，吉冈和由有子虽不断地幽会，彼此关系却没有进展。

稻田作为花花公子要技高一筹，由有子却对吉冈防守很严。还有一种条件阻碍两人的相处：由有子家在中央线国立[①]的前面，晚上八点钟必须离开都中心，否则，赶不上最后一班公共汽车。

那时候，国立的前面居民住宅很少，女子一个人乘出租车有危险。

即使两个人看电影，也得在八点前打住，干什么都是干半截。

话虽如此，他们交往已一年半了，吉冈曾考虑过和由有子结婚。

---

①地名，位于东京都中部。

如果吉冈及时求婚,由有子一定会接受的。并不是吉冈过分自信,而是由有子说过她很想结婚,这一点儿好像没错儿。

吉冈也知道由有子对他有好感。

他们互相吸引,众人皆知。为何没有结婚呢?要是有人这么问,就很难回答。

由有子并非特别漂亮,但是她身材修长而匀称,性情也很纯朴。由有子家是开家具店的,可能是传统家风的缘故,从品茗的礼法到插花、烹调、西式缝纫,所谓的新娘修业她样样都通。

再说,比什么都重要的是她做事态度认真,喜好清洁喜好得令人困惑。而吉冈却被她的这种洁癖所吸引。

他们没有发生肉体关系,可以相信由有子是处女。而且由有子不是那种靠华丽来引人注目的女孩儿,似乎是做妻子的最可靠的女性。

吉冈对于和由有子结婚,感到有些犹豫,也许是因为她姊妹太多和毛发过于浓密。

虽说她姊妹很多,不过就六个姊妹,这个数字在若干世家中并非罕见。所谓毛发浓密,只是依据她夏天穿衬衫胳膊外露和穿薄袜子的腿部毛多而推测的。现在回想一下,由有子皮肤白皙,有时显得苍白,故而衬托得毛发黑长,乃感觉多于实际。

也许有人会质疑:就因为毛发浓密这点儿小事,就没走到一起吗?实际上吉冈是由此觉察到女人的黏性,有点畏首畏尾。

真实的情况是,父母当时强迫他和别的女性结婚,他才没能和由有子结为夫妻。

现在回想起来,也不觉得与之结婚的女性好于由有子,除了双方父母互相了解,再没有什么特别的理由。

然而,最终结果是吉冈和别的女人结婚,把由有子抛弃了。

假如说他只是喜欢由有子,但还没到下决心结婚的程度,那另当别论。由此可以说是这青年没有自信和胆略,导致他挑选了一个无可非议的对象。

半年之后,吉冈从信中获悉,由有子已和一个别人介绍的男性结婚了。

吉冈觉得自己再也不会和由有子见面了。然而三年以后,他们在涩谷不期而遇,随后又开始交往了。

"你不娶我,我没办法,就跟以前认识的一个人结婚啦。"

吉冈听到由有子的这句话,感到了一丝懊悔。

可能是由有子成了别人的妻子,自己够不着了,吉冈觉得由有子要比做姑娘时漂亮许多。

吉冈和由有子各自有了一个孩子,但是互相不刻意打听对方的家庭情况。他们无事闲聊,最后由有子嘟囔了一句:

“我并不爱现在的人啊。”

吉冈又被由有子那种和以前毫无二致的认真表情吸引住了。

可以说他们的关系死灰复燃,或者说原来没有完全燃烧,现在开始第一次真正的燃烧。

他们第二次幽会时,吉冈要求发生性关系,由有子勉勉强强地同意了。

果如吉冈想象的那样,由有子皮肤白皙,毛发浓密,却对做爱出乎预料地冷淡。

不记得第几次做爱时,吉冈要求她变化一下体位,她却强烈地反抗:“不要,不要!”

吉冈一方面对她的顽固感到棘手,一方面觉着她的反抗天真而烂漫。

二

“喂,关上灯!”

和式房间里的床铺很低，枕边置有台灯，白色的墙壁上，凸显出由有子解腰带的身影。

“我可没偷看啊。”

“我讨厌你不守规矩。”

由有子刚把和服脱到肩部就停住了手，吉冈不得不把台灯光线再次调暗。

他们重逢后，发生过好几次性关系，但由有子一直不在亮光照射下脱衣服。虽然由有子今年已经三十六岁，其爱害羞的天性没有因婚育而发生丝毫变化。

依然是十五年前的由有子。

“喂，闭上眼睛！”

听她这么说，吉冈赶紧把被子往上拉，盖住眼睛，估计由有子又放心地脱衣服了，便悄悄地偷窥一下。

在这个房间的角落里，由有子面朝侧墙站立着。她已经解开了腰带的扣鼻儿，腰带一端像舞伎的带子一样，在肩头上耷拉着。

由有子继而解开腰带里的衬垫。

在昏暗的灯光下，她挺着胸，弯着脖子，两手抓着细绳头儿，用力向前拉。她的身影，显示出欲与男人翻云覆雨的妖娆。

吉冈对自己的妻子已经没有新鲜感了。可能是结婚时间长而安于现状的缘故,妻子腰部的轮廓已胖得不再分明。当然,妻子在家里也不穿和服。

由有子一直是个爱穿且适合穿和服的女人,她曾把一些学生召集到家里,手把手地教授怎样穿和服。

可能是天生丽质,虽然她比做姑娘时多长出了一些肉,但外形依然漂亮。

她知道吉冈喜欢和服,两人幽会时,一定会穿着和服来。

她今天是穿着素地的夏季盐泽绸料和服,系着薄绢的腰带,碎步急行而来的。他们喝完茶,要去旅馆,由有子从开始就有思想顾虑。

刚踏进旅馆时,她仍然有些抵抗,而进到里边后,改变为顺从。虽然顺从,脱衣服时仍要求关灯。

"我不看,没事儿。"

吉冈用两手捂住眼睛,却从指缝里偷看。由有子知道他在偷看,佯装不知,照常解腰带,脱和服。

她把脱下来的和服,像堆小山一样堆在地板上,留下白色的长衬衣,慢慢走向床榻。

她突然发现旁边的墙上镶着一面镜子,便停住了脚步。

“讨厌！”

“有镜子不行吗？”

“不行。因为你用它看过很多年轻、漂亮的女人。”

由有子认为吉冈当导演时，和年轻的女性交往甚密。而对吉冈来说，由有子的魅力要远远胜过女演员们。确实，如果只看容貌，众多女演员都很漂亮，唯独缺少由有子这种洁净而淳朴的光泽。

“你把那个也关掉！”

由有子命令他把已经调暗的台灯关掉，吉冈却不在乎地把她搂到怀里。

由有子的丈夫是律师，经常出差不在家，其实就是在家，也很少有兴趣和她做爱。

吉冈对此并不相信。

“你不能拒绝丈夫的要求吧？”

“他不是欲望强烈的人，再说他有自己喜欢的人。”

“不会是总不要求吧？”

“女人不能像男人那样，同时喜欢好几个人啊。”

“也有的女人跟好几个男人玩。”

“你怀疑我吗？”

由有子瞬时显露出严厉的面色。吉冈对其强硬的语调也能够理解。

的确,从由有子非常认真的态度来看,她似乎也会干脆地拒绝丈夫的性要求。

“并不是说你不能和他发生关系。”

“讨厌你这种不正经的态度。”

“明白啦。”

吉冈重新搂紧由有子,感受她肌肤的丰满。

由有子似乎忘记了刚才的不满,她倒在吉冈的怀抱里,陶醉地闭着眼睛。

吉冈想看她此时的表情,而松散的头发完整地遮盖着脸庞。

他们互相感受着对方的温存时,吉冈分开了长衬衣的下摆。

长衬衣里面套有白色的衬裙,衬裙里面渗透出紧张的汗滴。

由有子仍如吉冈十五年前之想象,毛发浓密,发黑发硬,他现在反倒喜欢这种浓密和硬挺。

吉冈觉得对方毛发浓密,犹如由有子一直没有忘记自己的存在。

由有子突然被吉冈抚摸,瞬间缩了缩腰,很快又平静下来。吉冈感到正是火候,便把手搭在长衬衣上。由有子耸肩缩背,解开扣鼻儿,以便于快速脱掉。

由有子仍对吉冈提议的大胆体位奋起抵抗，大声说："不这样！"

吉冈一方面对她的顽固感到着急，一方面又理解她抵抗的意愿。

三

做爱结束，男人迅即堕入一种虚脱的感受之中，女人好像仍沉浸于涨潮般的满足感中。

由有子是个极肯用心而身体灵便的人，此时像变了个人似的，懒洋洋地贴在吉冈起伏的胸脯上，一动不动。

突然，吉冈感到了瞬间的忧郁，由有子没有觉察到。

吉冈想尽可能地这样睡过去，但是大白天做这事，可不能太过悠闲自在。

"洗个澡好吗？"

吉冈招呼道。由有子还想再躺一会儿。

"你先洗吧！"

做爱之前，他曾希望和由有子一起洗澡，但为时已晚，此刻也不想强迫她。

吉冈把尚未完全清醒的由有子撇到一边，一个人去洗澡。

“洗完就回公司,也干不了多少工作啦。”

吉冈边想这样的问题,边懒洋洋地浸入热水中。

吉冈洗完澡,回到卧室,看见床已整理停当,台灯也关掉了。

“稍微等一下!”

由有子说完,身穿长衬衣,手拿和服和腰带,姗姗地走向浴室。

房间里关掉了灯,光线变得昏暗,墙角案几上整齐叠放着吉冈的裤衩和背心。

由有子规矩的做法,经过了漫长的十五年,至今仍未变化。

吉冈穿上内衣,外套浴衣回到铺着榻榻米的房间,从冰箱里取出啤酒。

不久,由有子洗浴完毕,与吉冈隔着一个门口穿和服。

吉冈曾在这种情况下半开玩笑地偷窥窃喜,现在却不想这样。

由有子梳理头发,穿套和服,约需半小时的时间。

吉冈把坐垫当枕头斜躺着,手里按下了电视机开关。

在午后的电视节目中,有个年纪相当大的主持人在和助手作访谈。

不一会儿,一个很久以前演唱金曲,如今快被人们遗忘的女歌手出现了。

这个女歌手近年一直未露面，这次好像要正式引退，节目主持人向她提出观众感兴趣的各种问题。

“恕我告辞了！”

吉冈循声回头一看，由有子已经穿好了和服，端庄地站在一旁。

“您很忙啊？”

“还好。不喝点儿啤酒吗？”

“现在喝的话，脸色会发红的。”

由有子两手按着脸颊，在桌子前坐下来。

“沏茶好吗？”

“这会儿再看，谁也不像是做过那种事儿的人。”

“讨厌啊。”

由有子好像略有羞惭地用双手捂住额头。吉冈想起其眉宇间已有很多小皱纹。

“接下来要径直回家吗？”

“好久没出来逛了，顺便去趟商场。”

“下次什么时候见面呢？”

“周四吧。”

“那么早……”

“有事儿吗？”

“没有。见面太频繁会令人生厌的。我们很少见面，彼此觉得新鲜，才维持到现在。”

由有子这样说完，扫了一眼电视。

“这个歌手令人怀念啊。大概有十五六年没露面了。”

“可能是吧……”

“我记得与你在有乐町幽会时，‘日本剧场’正在开这个人的演唱会。”

吉冈也有这种记忆。他和由有子相识时，正是这个歌手的辉煌时期。

“她现在变成老太太啦。”

“我也是啊。”

“不，你仍然年轻漂亮。”

“用不着恭维啊。”

“真的，我觉得真是这样。”

“今天还有一件很奇怪的事儿。”

由有子突然露出疑惑的表情。

“我来和你幽会的途中，被一个男人叫住啦。”

“你说什么？”

“我觉得有点不对头。他却讨好地说，如果方便的话，一起喝杯茶好吗？又说我的背影很漂亮，就一直在后面跟着我。”

“这是个什么样的人？”

“大概有三十来岁吧。穿戴整齐，系着领带，拿着包。”

“他是被你迷住了吧？”

“开玩笑！这个人的行迹真是可疑啊。”

由有子嘴上这么说，眼神却满含笑意。

“这样的事，女人并非完全觉得不好吧。”

“讨厌……”

由有子说完，眼睛里流露出自信的目光。

“那个人个子很高，风度翩翩。”

吉冈有点惊讶地看了由有子一眼。

“你是怎么回答的？”

“我当然推说有事儿拒绝啦。他又说等着你回来，请你和我幽会……纠缠不休啊。”

吉冈把杯中所剩不多的啤酒喝光了。

按照由有子以前的作风，有陌生人在路上跟她打招呼，她是不会理睬的。

吉冈和她第一次幽会时，她虽有朋友陪伴在身边，却依然流露出警惕的目光。她表情生硬，有那种拒人于千里之外的严肃感。

当然，她那时是处女，而现今是快四十岁的孩子妈妈，半老徐娘。

不知什么原因，吉冈认为只有由有子这样的人，才不会理睬那样的男人。虽然她和自己保持两性关系，但故有的洁癖没有变化。

现在的由有子，情况也有点不同以往。虽然她严词拒绝了男人的邀请，直接来到约会地点。

然而，她对男人的追求并不反感，基本上乐于享受被追求的感觉，并且没有完全觉得不好。

吉冈继续喝啤酒，脑子里想象由有子在路上被男人追求而不知所措的场景。

可能她一方面心生讨厌，一方面面带笑容，洋洋自得吧。

既然这个男人在路上敢跟她打招呼，就不会忽略女人细微的情绪变化。他察言观色，可能觉得有点希望，才进一步地纠缠不休而追过来。

“那样的人，肯定是专门勾引女性的流氓或花花公子。”

“是吗……”

吉冈这般恐吓，由有子仍然表现得泰然自若。

“感觉还是比较好。”

“要稳重点儿！”

那个男人厚颜无耻地跟她打招呼，很差劲。由有子乐于享受这种男人的无端追求，也很差劲。

虽说她要去见自己喜欢的男人，对那个男人没有什么感觉。

吉冈对此没有嫉妒，只是有点不高兴。

“要注意防范！”

“我不会有事的。”

由有子一边高兴地笑，一边自信地说。

“那个男人不会再在那儿等着你吧？”

“在哪儿？”

“刚才来的那个地方。”

“不会有那么悠闲、无所事事的人吧。”

“也是啊。”

由有子点点头，看了看后面的镜子。领子轻轻地脱落了，卷着头发的后颈略显性感。

“受捧其实是件好事儿。”

吉冈叹了口气，脱下身上的浴衣，开始穿衣服。

由有子把茶碗和酒杯挪到桌子角上，把吉冈脱下来的睡衣叠放整齐。

由有子规规矩矩，酷爱洁净，和以前没有丝毫变化。吉冈一边这样闪念，一边想象由有子和那个男人面对面的情景。

与过去相比，她某些方面既是由有子，又不是由有子。

“走吧……”

吉冈开始给账房打电话结账，电视上已结束对那位老歌手的采访，正在播放其演唱的名曲。

歌词和曲子与过去毫无二致，歌喉却明显地退化了。

曲子结束后，吉冈站起来，关上了电视。

他们做爱之后，身上懒洋洋，大脑却格外清醒。

“我们待的时间够长的啦……”

“是啊。”

由有子手拿折叠阳伞，兴致勃勃地说。

“喂，还是星期四幽会吧！”

吉冈一边首肯，一边从依然楚楚动人的由有子身上，找寻流逝了十五年的岁月。

托腮

一

这是腊月里的一个很暖和的晚上，不穿外套也不冷。有个人只穿着西服，系着领带。同行的另一个人则穿着套头毛线衣和短外套。

“富雄，咱们再去一家店吧！”

穿西服的男人说。被称呼富雄的男人打了个哈欠。

“你没事儿吧，已经两点啦。”

“别小看人，我才三十岁。”

名叫驹的男人首先迈开大步走起来。

时间已过午夜两点，涩谷繁华的街道上，行人已经很稀少了。

“怎么到这样的地方来了呢？”

“不是你说想去按摩店，才来的嘛。”

“是吗？”

“别装蒜了！玩得挺爽吧？”

“挺好啊。很刺激！”

“你真的是第一次吗？”

“以前从那家店门前经过多次，这是第一次进里边去。”

“那种地方应该单个人去呀。如果互相看着被女孩儿抚摸，可是既尴尬又扫兴呀。”

“那倒也是啊。”

“陪你的女孩儿很棒吧，看着年轻而纯情。”

“我一坐下来，她马上就把前面的裤扣打开，抓出我那玩意儿来。哪儿是纯情呢？”

“当然喽。真正纯情的话，怎么可能在那样的店里干呢。”

“她抓出我的家伙来，还让我摸她的那玩意儿。”

“她是想让你尽快兴奋，早点儿完事儿拉倒。”

“快点儿也行，摸摸也算赚点儿便宜。”

“那怎么样？”

“想不到她毛发很浓密。那部位也湿滑，还把手指放进去让她兴奋。”

“你连这个都做了吗？”

“她不让放，连续打我的手。你那边怎么样？”

“我这边是个半老女人，很糟糕。我今天为了你而牺牲了自己。”

“真的吗？”

“不过，她虽然长相难看，却会用技巧抵补。”

“在那样的地方，这样解决问题，有点不好意思啊。”

“大家都会把裤扣打开，被人用手握着那玩意儿，场面很壮观。”

“我觉得是全体人员都把大炮冲向桌子方向。”

“不光是大炮，应是有大有小。”

当驹说这话时，一个年纪相当大的男人走了过来。这人好像喝醉了，走路跌跌撞撞的。

“小心点儿！”

驹耸着肩膀提醒说。老男人瞥了两个人一眼，似乎歉意地挥了挥手。

“老头子赶紧回家吧！”

老男人忽左忽右地摇晃着脑袋，消失在夜幕之中。

“现在咱们去哪儿？”

富雄一边仰视着路边的高楼，一边问。

“这前面有家很小的酒吧，那儿应该还开着。”

“你对涩谷挺熟悉啊。”

“因为这是我的势力范围。”

驹又耸了耸肩膀。

“那种地方的女孩儿能得多少钱呢？”

“一天至少四五万日元吧？”

“那么多吗？”

“因为是给男人放炮。”

“女人做那事还能挣钱，挺好啊。”

“我们是让人家收钱，还要把那玩意儿露出来。”

“一天拿五万日元，一个月就一百五十万日元。”

“去除星期天和休息日，没那么多啊。何况还需要支付服装费和美发费等。”

“基本不用什么本钱吧？”

“是啊，大概六七十万日元吧。”

“这样也是我三倍的工资啊。”

“让你摸摸也没什么大碍嘛。”

“请不要乱说！我不想那样。”

“我也喜欢女人。男人再好，女人再坏，我依然喜欢女人。”

“我也是啊。”

驹拐向右侧道路，富雄紧随其后。路突然变窄了，拐角上有鸡串烧烤店和杂烩店。前面还有脱衣舞剧场，场子早就散了，门口的灯依然亮着。

“前辈进过这里面吗？”

“进过两次。因为剧场居于大街正中，管理很严格，没有多大意思。”

“可能有特别节目吧？”

“有。”

门口右侧的玻璃橱窗里，摆放着脱衣舞者的照片。两人将面部紧贴在玻璃窗上，仔细地浏览。

“还有外国女人呢。”

“可能是年轻的缘故，屁股上的肉绷得很紧。”

“票价五千日元吗？船桥四千日元呢。”

“里面有漂亮的女人吗？”

“长相都说得过去。据说有正式表演。”

“你看过吗？”

“没有，我没看过，但是据小泉先生说，也会让客人上舞台做那个。”

“我喜欢做那个，下次进去看看吧！”

“您要来，我就陪您。”

富雄说这话时，同在观赏照片的另一个男人啧啧称道：

“真好！不装腔作势，什么都让看！”

他们离开橱窗，看到斜对面有家中国餐馆。

“肚子饿啦。”

“你这么说，我也有感觉。”

“今天的饭菜太糟糕。希望部里的忘年会，找个漂亮点儿的地方开啊。”

驹走在前面，推开中国餐馆的门。一对年轻的伴侣和一个调酒师模样的人正坐在柜台边上吃炒饭。

“要点什么？”

“叉烧面条。”

“我也来一个。”

驹向站在厨房前的女人招招手。富雄把杯子里的水喝了一口，饶有兴趣地探讨。

“脱衣舞演员到底是发什么神经呢？”

“可能是裸露狂吧。”

“总是打开让众人看,里边的肌肉会变硬的。周刊杂志上总这么说,是真的吗?”

“你净瞎看!”

“不过,那么大一个东西每天进去出来的,肯定不会舒服的。”

“那些家伙们能挣很多钱吧?”

“是的。做女人真好,干什么都能活下去。”

“就是只让人看看也行。”

“我想哪天带着科长去趟按摩店,看他会出现什么表情。”

“也许会意想不到地产生兴奋。”

“那些个顽固的人不会去吧?”

“不好说。”

“课长去了那儿,兴许会脸色刷白地颤抖起来。”

“那么正经古板的人,并非绝对地不好色,他也许会很快入迷。”

“仔细想想,只是让人揉搓几下就能释放出来,让谁做都行啊。”

“还是让好看的女孩儿做好。我欣赏好看的女孩儿认真地抚摸,很快就会进入亢奋状态。”

“喜欢施虐狂啊。”

"男人都是这样的吧。"

"那倒是,因为有人付钱。"

"这么说就没意思啦。"

两个叉烧面条做出来了。一个微胖的女人面无表情地把两碗面条推到他们面前,转身离去了。

"我讨厌这种类型的女人。"

驹一边注视着离去的女人,一边说。

"就像弄到一条金枪鱼一样,令人十分乏味。要是这样的女人求我,我都不和她做。"

"她找不到好男人,就越来越不像话了。"

"叉烧面条怎么样?"

"味道很好啊。"

两个人开始默默地吃面条。

"阿驹至今没结婚吗?"

富雄又凭一时高兴打开了话匣子。

"用不着结婚。结婚会让自己变得贫穷。"

"结婚还是吃亏吗?"

"你可以看看已经结婚的家伙们,他们多小气,吃午饭都不吃像样的，还要被银行按揭贷款所折磨，而且只和一个女人做那个，很差劲。”

“确实无聊啊。”

“跟各种各样的女人做，活着才有意义。”

“阿驹现在有几个人？”

“几个？别说得那么夸张！”

“二科的村井志津子怎么样？她前些时候哭过。”

“已经跟她断绝关系了。”

“把那么好的女孩儿抛弃了，太可惜了。”

“她看上去很老实，其实背后有很多男人。”

“你怎么知道呢？”

“你跟她睡一下就知道，她在那个方面能力很强。”

“难道……”

“别露出那种垂涎欲滴的表情！”

“因为我也喜欢她。”

“那你向她求爱啊！他和我已经没关系了。”

“我做不到啊。”

“女人都是色娘，男人一挨近，她就兴奋起来。”

“上次见到的那个横滨人怎么样？”

"那个不行,搞一次就算啦。"

"有点可惜呀。"

"她是太平洋。"

"太平洋是什么?"

"那儿太大。"

"还有这样的吗?"

"当然啦,女人都不一样。"

"不过,她人长得很漂亮。"

"脸庞和那儿是两回事儿。"

富雄先吃完面条,驹也很快吃完了。年轻的伴侣起身离店,他们紧随其后,快步离开了中国餐馆。

二

外边的天气依然暖和,让人感觉不到腊月的冷酷。突然,身后传来了女人的谩骂声。两人回头一看,一个年轻的女人正冲着一个过路的男人发飙。

"很有威力啊!"

"可能是她勾引对方,被人家拒绝啦。"

“她是妓女吗？”

“可能是。”

路灯突然变得暗了。前面是旅馆街，一辆出租车穿过小巷，在第二家旅馆的门口停了下来。

“这一带旅馆挺多啊。”

“没注意呢。”

“不知道有这么多。”

“刚才吃炒饭的那两个年轻人，可能也是要回旅馆。”

“也可能是刚做完那个，先去吃点儿好吃的饭吧？”

“别老说别人，你自己并不干净！”

“我是不讨女人喜欢。”

“大宫的女人怎么样？”

“她是从亲戚家来我这儿的，人挺爽快。”

“是吗，可以干得痛快点儿吗？”

“那个女孩儿很拘谨。”

“你现在没有人吗？”

“不能像你那样。”

“咱们去洗浴店好吧？”

"现在吗？"

"是啊。只是让摸一下，根本不能满足，要进里面才行。"

"这附近有洗浴店吗？"

"稍微往前点儿的地方就有。要说做那个，就得什么都能干。"

"可以先去酒吧吗？"

"可以啊，然后再去洗浴店。"

"你挺健壮啊！"

"你不行了吗？"

"不是，我比你还要年轻。"

"这个跟年龄没关系，首要问题是自信。"

"这我知道。那家店服务好吗？"

"服务嘛，我们可以要求，因为我们付钱。"

"可是，有的女人让人讨厌。"

"在洗浴店里不用客气！"

"并不是客气。"

"喝完酒以后再去吗？"

"好！酒吧在哪儿？"

"很快就到。"

右边“不夜城”的霓虹灯在闪烁。从前边向右拐,有条只容单人行走的窄胡同。空调机和排气口又从两侧凸伸到路上。

“这儿太脏啦。”

路边有个被人丢弃的破塑料袋,里面流出吃剩的面条,周围有一股难闻的馊味儿。

“这地方不错嘛。”

“偶尔到城边简陋的酒馆里喝顿酒,也算不错。价钱便宜嘛。”

驹在胡同里的第二个门前停下来。木头门上用白漆写着“忘乡”。

“这儿吗?”

“别吭声,跟我来!”

驹环视了一下四周,推开了店门。

店里面的空间,比想象的要大,纵向长长地分布着柜台,可以轻松地容纳十个人,往里还有两个小小的包厢。

在柜台中部,坐着一个身穿外套的年纪相当大的人。

店里的照明灯全用红色,光线发暗,看不清里头。

“欢迎光临!”

一个正在放唱片的女人朝他们走过来。女人约摸二十五六岁年纪,眼球像巴塞杜氏病那样凸出。

柜台里端还有个女人，和一个大年纪的男人相向而坐。

“您要点儿什么？”

“兑水威士忌。”

驹取出香烟，凸眼球的女人用简易打火机给他点燃。

“今天吧娘不在吗？”

“刚才还在，她身体不舒服，提前回去了。”

“哪儿不舒服？”

“说是头疼。”

“可能是更年期障碍吧？”

“怎么会……”

“她已经四十五岁了吧？该引退啦。”

“是啊，挺可怜的。”

“我们花钱陪一些老太婆，更可怜。”

“阿驹说话依然尖刻啊。”

“晶子多大岁数了？”

“不知道啊。”

“若在明亮的地方看，脸上会有很多皱纹吧？”

这个被称为晶子的凸眼球女人不再搭话，她放下两杯兑水威士忌，转身离去。驹和富雄轻轻地碰杯，大口啜饮起来。

“今天真是喝得痛快啊。参加了一次餐会，又在新宿喝了两家，然后去到按摩店，到这儿已经是第五家啦。”

“开忘年会应当再排场一点儿。”

“现在已经两点半了。”

“还是黄昏，对吧？”

“我们这儿营业到四点，甭着急！”

晶子插话道。柜台里端的那个男人站起身来。

“阿素要走吗？”晶子问。

男人点点头，说了声：“向吧娘问好。”

晶子把男人送到门口，折返到柜台边。

“今天没有几个客人，外面怎么样？”

“人多得很。”

“你又在捉弄人！”

客人走后，店里只剩下了四个人，那就是驹、富雄、晶子和在柜台里端的女人。

“我可以喝一点儿东西吗？”

晶子问。

“你得把价格弄便宜点儿！”

“可乐行吗？”

“可乐很贵的。”

晶子没答话，打开瓶盖，把可乐倒进杯子里。

柜台里端的那个女人，收拾起客人用过的杯盘后，待在那儿用双手托着腮。

“喂！有《阿尔及尔城堡的女人》的歌曲吗？有给放一个！”

驹注视着唱片柜说。

“《阿尔及尔城堡的女人》最适合店里的气氛。”

“反正我们这儿很破烂。”

晶子按照要求换了唱片。

“这种城郊的酒吧怎么样？”驹问富雄。

“很有意思。”

富雄再次环顾四周：柜台和墙上的一些地方掉了漆。大门旁唯一的窗户，被装着的空调机塞得严严实实，家具也破旧……给人的感觉是，即使想改装一下室内，也会因为太旧而无从下手。

“前面有洗浴店吧？那儿怎么样？”

“可以。”

晶子有些冷淡地回答。

“我不是问别的,是问女孩儿的服务怎么样。”

“我没去过,不知道啊。”

“去过的客人会有什么评价?”

“那样的客人不到这儿来。”

“瞎说!上次我就碰到过从洗浴店过来的男人坐这儿喝酒。”

“你那么想去,可以自己去体验嘛。”

“喝完酒就去。”

“那不挺好嘛。”

“你不嫉妒吗?”

“太荒唐啦,我凭什么嫉妒人家呀?”

“你也干那行吧!比在这种地方干,能多挣几十倍的钱。”

“别开玩笑啊!”

“你要做的话,我每天都去。”

“用不着吧。”

“反正是多赚钱。我劝你不必固执,还是做好。”

“别说啦!”

“洗浴店离这儿很近,你可以此为副业。你现在没在做吧?”

“你太执拗啦。怎么能这样！”

晶子端着杯子,脸冲向旁边。富雄发现她肩膀微微颤抖。

“惹你生气了吗？”

电话铃响了。晶子放下杯子,抓起听筒。

女人的欢笑声从胡同口传来。为通话清晰,晶子用力将听筒按在耳朵上。因为店里正放着唱片,不知道她说了些什么。

“这儿都接待什么样的客人？”

富雄问驹。

“调酒员或从洗浴店过来的人,普通的工薪人员也来,规矩人来得少。”

“对面的那个女人在想什么呢？”

富雄注视着在柜台里端的那个女人说。

“刚才她一直托着腮没动弹。”

“可能是在想男人吧。这种地方的女人一般都有情夫。”

“那还是个漂亮的女人呢。”

“叫她一下吗？”

“不好吧。”

“用不着客气！”

驹喝完兑水威士忌，注视着女人喊道：

“喂，那位小姐请到这边来！”

晶子还在打电话。

被呼唤的女人托着腮扭头看了看这边，顷刻站起，走了过来。

走近看得清，女人很苗条，乳房也不大，头发无序地披散到肩上，她仍然用手按着脸颊。

“你是新来的吧，叫什么名字？”

“美子。”是不太清晰的回答。

“名字挺好啊，喝点儿什么吗？”

女人没回答，端坐在柜台边，托起腮。

“好长的电话啊。”

晶子还在通话，并不停地点头，有时还笑出声。

“喝点东西吧！”

驹又说了一遍，女人仍不答话，只是轻轻地摇了摇头。

“这家伙很怪啊。喝点儿果汁的钱，我还付得起。”

驹有点发急。

“你能喝就喝嘛！”

女人仍然托着腮，脸面朝向一旁。

“喂！不知你来这儿多久了，在客人面前，请不要托腮！”

女人没应答，直接把脸转向了背面。

“喂！”

驹站起来，想把女人托腮的手拉下来。

“你要干嘛！”

晶子大声喊道。此时，驹已把女人托腮的手拉开了。

因为驹用力过猛，把柜台上的杯子碰倒了。女人蹲在了柜台下面。驹探出身子，凝视着蹲在柜台下面的女人，不再说话。

“别这样！”

刚才还在打电话的晶子，挡在了驹的面前。

“别用暴力！”

“我只是……”

驹说不出话来。晶子把碰倒的杯子扶正，冲着蹲在柜台下面的女人说：

“美子请别介意！你现在就回家吧！”

女人两手捂着脸，跑到柜台后面去了。

“我们也要回家啦。”

驹和富雄站起身来。

“今天又结束了。”

晶子用收款机算了账，把账单递给驹。

驹付完钱，两人走出店门，听到了救护车的鸣叫声。

三

车站旁边的霓虹灯映得天空发红。驹和富雄离开酒吧，快步走出胡同，在一家旅馆前的石墙下停了下来。

“怎么样？”

富雄一边和驹并排着撒尿，一边问。

“你刚才看清楚了吧？”

“不太清楚，好像是那个女人的嘴受了伤。”

“不是受伤，是嘴到耳朵全裂开了。”

“还有这种事儿？”

“以前曾经听说，有人像狼一样咧着嘴。”

“刚才那个漂亮的女人真的咧着嘴吗？”

“不，已经缝合了。那无疑是砍伤的。”

“她是为了掩盖真相，才托腮的吗？”

驹撒完尿，微微地打了一下哆嗦。富雄也把裤扣系好了。

两人沿着旅馆林立的道路快步向前走。

“她不能总那样托着腮来掩盖吧？”

富雄走在坡路边上说。

“总那样掩盖，人可受不了。”

一对情侣从前面的旅馆走出来，快步经过他俩面前，沿坡路走下去了。驹停下来，点燃了香烟。

“她有那样的伤疤，怎么还工作呢？”

“……”

“还是想要钱吧？”

“不清楚。”

“不会是她男人让干的吧？”

驹嘴叼着香烟，轻轻地摇摇头。远处传来了救护车的汽笛声。

“你还去洗浴店吗？”

“我倒好说，你呢？”

“我不去了。”

“为什么？”

“不为什么，就是不想去了。”

“是因为你见到了刚才那个女人吗？”

“……”

“世界上什么样的人都有啊。”

驹不置可否,把西服领子竖了起来。

“还是有点冷啊。”

“几点啦?”

“三点。直接拦辆车回家吧。”

驹把吸了半截的烟扔到脚下,用鞋底捻灭。富雄又突然问道:

“那个女人现在咋样了呢?”

“不清楚啊。晶子这人很差劲。”

“怎么呢?”

“那个女人那种状态,她直说就好了。”

“可能是不好开口吧。”

驹一边走,一边点头。

“那个女人会恨我吧?”

“不会的。”

“那当然好……”

驹挥起拳头,在自己脑袋上“嗵嗵”捶了两下,又回过头来,朝“忘乡”所在胡同的方向看了一眼。

风闻

一

“那是在十五年以前啊。”小池清子仍操着那种尖锐的嗓音说。

高村喜一郎一边点着头，一边喝咖啡。这是一个星期六的下午，旅馆前厅的人很多，尽头的咖啡馆里比较清闲。

“您来到久违的札幌，觉得变化大吗？”

“我后来又来过一次，是在奥运会之前，当时就觉得这儿变化挺大，让人感到惊讶。这次想多待一段时间。”

“先生您丝毫没变样啊。”

“不，年龄是骗不了人的。你瞧，一多半白头发啦。”

“您才四十四五岁吧。作为男人，刚入中年呢。”

“你年轻，接近四十了吧？”

“哎呀，我和先生同龄，您忘记了吗？”

清子用略有谄媚的目光注视着高村。他们都是虎年出生，以前曾商量着办个“虎之会”。

“那你是在三十岁前当上护士长的？”

高村在札幌大学附属医院时，曾和小池清子共过事。脑外科虽不是个很大的科室，但她能在三十岁以前，在人才济济的大学附属医院里当上护士长，说明她相当优秀。

与护士长那种严格形象略有不同的是，她经常勤恳地四处参加社会活动，对工作也十分热心。有很多护理人员通过国家考试后，就悠闲自在地找个英俊男人嫁了，而在这种社会环境下，清子却十分用功，经常在护理关系的学会上发表论文。

“你早年写的那篇题目叫《对脑损伤造成知觉丧失患者的护理》的论文，我曾拜读过。”

“您还记得这些？真不好意思。”

清子嘴上这样说，脸上却写满笑意。

“那时候真是拼命，只有年轻才能那样干啊。”

那时的清子青春洋溢，活泼可爱。她本来就是个矮个儿，长着一张娃娃脸，而且又留了个娃娃头，刘海儿剪得整整齐齐，十足一副娃娃相。有的病人看到她帽子上的两条线，不认为她是真的护士长。

现在的清子，已不再是昔日的模样，不只有点儿发福，还戴着银边儿眼镜，显得稳重老成。

“可能是早年参加忘年会吧，你穿着连衣裙来，会场负责人把你当成了准护士。”

“您是说我与那时比较，相差太大吗？”

“对谁都一样。”

高村也比当年胖了十公斤，完全是一副中年人的模样。

“男人那样好啊！显得有威严。听说您在东京开着一家大医院？”

“算是个法人组织，外表看着挺体面，实际经济很拮据。现在已不是医院大规模发展的时代啦。”

“院址在世田谷吗？”

“在目黑。你下次去东京，就顺便过去吧！”

“好的，谢谢！”

清子道谢后，重新凝视着高村。

“您电话打得真及时啊。”

“我有点担心你是否还记得我。”

“我是不会忘记的。当我得知脑外科学会在这边开，就预计先生有可能来。”

当高村知道在札幌开这次学会时，就考虑到和清子会面。不过说实话，这并非因了对清子的怀念，而是想了解一下曾在清子手下工作过的坂井祥子的消息。

“您去过大学附属医院吗？”

“去过，新老人员交替真快，基本没有老同事了。也知道了你的近况。”

“隐居到那样的乡下，您感到惊讶吧？”

清子善于学习钻研，以为她会长期留在大学附属医院，最后当上总护士长。而现在她是札幌郊外一家个体医院的护士长。

“我不适合大学这种严谨的地方。”

“是吗……”

“目前所在的医院虽小，但悠闲又自在。”

“我冒昧地问一下，你结婚了吗？”

“实在抱歉，没有人娶我。”

清子脸上堆起小皱纹，不好意思地微笑着。

“都变成老太太了，已错过了结婚时机。再说一个人轻松自由……”

这话一半是真，一半牵强。年轻的时候，清子很有魅力，有部分职员和病人对清子有好感，但最终没能走到一起，也许是由于清子过于耿直和一丝不苟的个性造成的。

“过几年就去养老院啦。”

高村若有所悟地点点头，心里不免有些着急。他“醉翁之意不在酒”，主要想打听坂井祥子的消息。

如果迫不及待地发问，就会暴露自己的本意，所以不能急躁。要找准时机，顺其自然地切入话题。

“最近能见到以前的人吗？”

“很少见，自己最近不大外出。大约半个月前，我碰到过野泽。”

野泽当年是大学附属医院门诊部的护士长。

“她和她孙子在一起呢。她比我大十多岁，有孙子是自然的事。”

“那她现在不在医院干了吗？”

“是的。她后来在医院干小时工，干到两三年前。另外，我还见到过山崎和竹田。”

高村等着她说出坂井祥子的名字，却没等到。

“其他人不见面吗？”

“护士要在多科室活动，同一个科，有人待的时间长，有人待的时间短，都不一样。每个人的去向不是全了解。”

看样子，她未必了解多少信息，但她当时是护士长，按理来说应该比别人了解得多。

“对了，那个野村现在是大学附属医院内科的护士长。”清子猛然想起了野村。

“野村吗？”

“喂，那时候和祥子她们在一起挺热闹的。”

清子突然说出祥子的名字，高村屏住了呼吸。

“那个时候真的很快乐啊。”

清子凝视着远方，透过银框眼镜，野村看到她沉浸于往事的迷茫眼神。

二

可能是喜筵结束了，有八个年轻人夹杂着穿着和服的女人，手拿包着纪念品的白包袱，坐到了高村身旁的座位上。

清子瞥了一眼，继而问高村：

“先生有孩子吗？”

“有两个，都是女孩。”

“大的出嫁了吗？”

“没有，还是高中生呢。”

清子点了点头，喝了口凉水。高村在柜台下方露手腕看表，时间是两点二十分。之前，他和同从东京来的伙伴，约好三点钟在学会会场见面。

“年轻人真好啊。”

清子注视着旁边座席上的青年，叹了口气。

“我在年轻时多玩玩就好啦。”

“上了岁数都这样想。”

“先生可能不后悔吧。你和祥子的恋爱，可在咱们医务室的历史上留下了浓彩的一页。”

“喂，别开玩笑！”

“那时先生多大？二十七？”

“是的。”

那是高村当上医生的第三年。那年春天，他认识了坂井祥子。

祥子因工作需要从内科调到了脑外科。高村当时还是个尚未领到薪酬、义工性质的医生。祥子比他小五岁，却已经是正护理师，可谓年富力强。

“现在,我理解先生被坂井迷住的心情啦。”

清子似乎体谅高村此时的心态,主动说起祥子的事儿。

“您还记得那场裸体舞会吗?”

“是去洞爷湖的时候吧?”

高村和祥子第一次见面时,祥子开朗的性格吸引了高村,因他们各自分管的病人不同,没有再进一步接触。

在那年的忘年会上,祥子和同期的四个伙伴跳裸体舞,高村才清楚地看到祥子的模样。尽管跳的舞叫裸体舞,却因为在众目睽睽之下,不可能把身上的衣服全部脱光。起初,她们穿着合唱队队员的那种白色礼裙跳康康舞,后来随着节奏的加快而摆动腰肢,接着来个急速的转身,并趁此时机,甩掉白色的礼裙,露出里面的衬裙。再猛烈地跳一阵子,最后背过身去,掀起衬裙下摆,使劲地向观众席翘屁股。

舞蹈清纯而性感,会场上响起了热烈的掌声和再来一遍的呼声。祥子的背影显得特别漂亮。

“好漂亮的屁股啊!”坐在身旁的同期的男人说。高村听到后,有点沉不住气了。

要是马虎大意,不尽快追求,就会让别的伙伴夺走。不!也许她已经有男朋友了。舞会举办之后,高村开始有意接近祥子了。

“那次舞会据说是祥子组织举办的。”

“不过，她是个很正派的女孩儿。”

高村说完，意识到自己在为祥子辩护，赶紧改口说：

“乍一看有些浮华……”

祥子在大庭广众面前跳裸体舞，跟医师和病人随意交谈，很多人以为她是个交际花。而深度交往的结论出人预料：她是个认真、本分的女性。只是性格开朗、作风大胆，故常常遭到别人误解。

“先生和祥子还是很般配啊！”

再次说到祥子，如果高村表现出高度关注，会显得很荒唐。但难以遮掩的是，谈起祥子，他的眼睛自然而然地发亮。

“你们的关系连病人都知道。”

确实，他和祥子的关系，同事、好友无人不晓，甚至连病人都知道。

当时的他们，既不在乎流言，也不在乎蜚语。两人分别作为医、护人员经常和同事调换班次而赶到一起值班，夜间巡诊也是两个人一起转，他们在夜间出双入对，有人因此调侃：“哟，深更半夜，你们二位……”

高村觉得不好意思，祥子却满不在乎，反而惬意地笑。不仅如此，她还在夜间随意地出入无故不能入内的医师值班室，拿去西点和茶，与高村共享。把为高村洗好的手帕和内衣拿进去晾干。

“当时的不少医生很嫉妒你们。”

“我也因此受过责难。”

高村因和祥子关系亲密，得到对方的帮助自然多。再与他人相处，则有一些不尽如人意的事情。

比如巡查病房，如果祥子配合，她会把准备工作做得很充分。要是祥子休假或外出，高村就觉得工作难以顺利进行。他率领代替祥子的护士巡诊，不知为什么，她们极不热情，稍微受到责备，就会把头扭向一边，带有讥讽地说：“您是和祥子在一起，才满意吧！”

“前辈平山先生说过：如果和一个女人亲密，就会把其他的所有女人都变为敌人。”

“我认为不是这样，恋爱是恋爱，工作是工作嘛。”

“有的护士因迷恋医生而耽误工作，我不太喜欢这样的护士。”

“高见泽吗？”

“另外还有。”

“安田或阿爽。我反倒不知道这些事啊。”

“你是护士长，高高在上，不体察下情。”

当时的清子专心致志地工作，大家都认为她和男人没缘分。有人还带着半分同情地议论她，说她是“柳下惠”。

“我还知道先生的一些趣闻。”

“趣闻？”

“您被关在祥子的房间里，待了一天，用脸盆……”

高村的脑海中，慢慢浮现出十五年前的场景。

一天晚上，高村和朋友外出喝酒，最后喝醉了，不得已在祥子的房间里住了下来。祥子租住的公寓是普通人家的耳房改建的，禁止男性入内。之前高村曾偷偷住下过两次，每次都在周围的人们还没起床时，快速溜掉。

然而，高村昨晚饮酒过量，起不来床，不得不告假休班，祥子照常上班去了。

十点过后，高村醒来，想撒尿，可厕所是公共的，又在房间外面。他深夜曾去过一次，还记得地方。但要是让房东发现，那就糟糕了。没办法，他只好强忍着，最后实在忍不住了，就拿起房间里的脸盆，开始解决问题。

撒尿要是太使劲，响声会传到隔壁房间，于是他小心翼翼地一点点往外撒，让尿液沿着脸盆边儿往下流。撒完后，又悄悄地顺着洗碗池，把尿液慢慢倒掉了。

祥子午休时，买来了面包和牛奶，她听高村说起撒尿的事儿，乐得捧腹大笑。

此举对高村来说，是受罪的事，他也受够了。他得设法离开这个房间。午后，他在祥子的引导下，瞅准没人的时候，溜到了外边。

“她连这些事儿都对你说吗？”

“那时在一起工作的护士都知道。”

“太糟糕了。”

高村挠挠头，年轻时的行径令人怀念而悲伤。

“现在把这件事儿讲给先生所在医院的护士们听，她们都不会相信吧。”

“只会让她们笑话。”

“后来您怎么就和祥子分开了呢？”

高村突然被击中要害，有些不知所措。

“祥子听说先生结婚时，曾哭着来找过我。”

高村想起当时的状况，心里感到难过。不管怎样，自己和祥子的事儿给很多人添了麻烦，这一点是确凿无疑的。

“先生也够受的。”

“不，我是咎由自取。”

“先生也许恨我吧？”

“为什么？”

“因为祥子态度很坚决……”

祥子的行动确实大胆。当高村决定和别的女性结婚时，祥子立刻约见高村的未婚妻和准岳父，诉说他们的过往，揭示关系的深度。最后还倾诉到高村的主任教授家里。

这就让高村在未婚妻的家人面前丧失了颜面，给他们留下这个教授玩弄女人放荡不羁的印象，这也成为他从大学辞职的一个重要原因。

“我曾制止过她。”

高村结婚前，祥子闹了个天翻地覆。高村认为原因主要在自己，但她闹得过凶，使高村不寒而栗。

“可能是祥子从心里喜欢先生吧？”

“……”

“当听说先生要结婚时，我们认为结婚的对象一定是祥子。”

为什么没和祥子结婚呢？连高村自己也说不清楚。

祥子性格开朗，头脑灵活。且身材漂亮，五官可爱。小小的虎牙，给人一点滑稽的感觉。她眼睛很大,细长而清秀,形成独特的魅力。她虽像个交际花,但对高村很照顾。

高村没和祥子结婚,可能是因为交往时间过长,高村对祥子产生了厌腻感,或不仅限于此。高村决定和祥子分手之后,曾去过几次祥子的公寓,尽管他知道再和祥子幽会可能会惹来麻烦。结婚前三天,他又被祥子约出去幽会。

说实话,高村心仪的人或许不是结婚的对象,而是祥子。

"您太太很漂亮吧?"

"不,不怎么样。"

高村不由自主地提高了嗓门,然后低下头。

高村和现在的妻子结婚,并非因为她出色或可靠。与祥子相比,妻子很平凡,是个极为普通的姑娘。祥子比她要漂亮很多,也比她引人注目。

也许正因为祥子漂亮和出色,高村才最后决定离开她。祥子人很细心,性格也坚强,她所表现出的那种果敢,连作为男子汉的高村也赶不上,活动能力也挺强。作为妻子,她也许是个值得信赖的女人。

然而,她性格的坚强和出色的活动能力,又令高村感到不安。祥子为人处世都不会丢丑,可总觉得和她在一起,心里有压力。可能她穿上漂亮的衣服，伴她在外面走走，显得很风光，但如果步入家庭，也许就静不下心来。

“男人嘛，都很胆小。”

也许两人交往不久，高村就采取守势了。男人有时会走一种无可厚非的保守路线。而祥子却被男人的这种姿态所吸引。

“男人没出息。”

男人容易在守势之下，举棋不定，是要直接前进呢，还是要后退呢？对于二者必择其一的女性来说，这种迷惘是难以理解的。

“总之，我觉得对不起她……”

如今，高村会不时地想起祥子。觉得那时应该和她结婚。后悔不该抛弃至爱自己的女性。因为没结婚，他对祥子的感情反倒更炽烈。

“我想她一定恨我。”

高村和祥子交往的时期，正值祥子二十二岁到二十五岁的大好年华。

“是我使她遭受不幸……”

事到如今，说什么也没有用，如有可能，只好向她当面道歉。

“现在真的很后悔。”

高村在清子面前很坦诚，较为直率地说这说那。

三

邻座参加婚宴的年轻人群中，又来了一个人，大家都鼓掌欢迎。这个人可能是婚宴上的司仪，右手拿着一捆贺电。

高村看到那个人落座，将视线挪回到清子那里。

"可是……"

高村刚一开口，清子就流露出那种期待下文的表情，高村干咳了一声。

"可是什么？"

"她现在很好吧……"

清子又用那种果不其然的表情点了点头。

"您不知道吗？她后来去到仙台，再后来又去了东京。"

"去了东京？"

距今十年以前，他最后一次探听到祥子的消息。祥子和他的感情付诸东流后，在札幌待不下去了，就调到了仙台的公立医院，据说仍未结婚。

"我还以为先生在东京见过她呢。"

"怎么会……"

高村在札幌和祥子分手后,再也没有见过她。

因此,十五年来,高村经常思念祥子。

据说,祥子在仙台时,依然是单身,那时她的年龄已超过了三十岁。也许是自作多情,高村想象着祥子一直追寻自己的模样,想象着祥子依然保持单身。祥子当年闹得那么厉害,谁也不会轻易地忘记。自己已经结婚多年,都这样忘不了,作为女人,她一定会更深刻地铭记在心中。

假如现在能见到祥子,高村就向她道歉。无奈无法与其见面。要是知道她的住所也行,可以悄悄地给她汇点儿钱。虽然自己过去的任性并不能用金钱来补偿,但现在自己在经济上很宽裕。自己并非出于与她重归于好或为自己辩解的念想。

而是要感谢她过去曾给予自己的厚爱,表达一下心中的谢意。

高村一边思索,一边醉心于自己的想象。如果能向祥子表达一下心意,就能平息自己对青春的懊恼,镇定心神。

高村这次借参加学会的名义来到札幌,也是为了慰藉这种青春的懊恼。

"她当年追随着我到东京……"

“没跟先生联系吗？”

“没有……”

“祥子也许觉得见了面会痛苦吧。”

高村不由得紧攥起伸在桌子下方的手。如果现在祥子出现，自己就会尽情地拥抱她。

“她在东京的哪家医院呢？”

“早就辞职啦。”

“辞职啦？”

“先生真的一点信息都不知道吗？”

清子往鼻梁上推了推眼镜，慢悠悠地说：

“祥子在东京结婚了。”

“结婚了……”

高村鹦鹉学舌般一字一字嘟囔着，尔后自己宽解自己。

假如是别的男人，对祥子这样的女人，是不会抛弃的。自己最后一次听到她的消息，是在十年以前。随着时间的推移，祥子的境遇发生变化，是自然而然的事。

“什么时候结婚的？”

“我辞去脑外科护士长时，大约在八年前吧。”

如果是八年前的话，祥子的年龄已达到三十二三岁。毕竟已婚，高村对此感到一丝慰藉。

“那她三十以后才……”

“可能是花了那么长时间调整情绪吧。”

祥子这人表面上看着浮华，其实纯真而专注。仅凭她近八年一直都在思念自己，自己也应该感到满足。

“那她现在的住所在哪儿？”

“您要见她吗？”

“不，逢年过节时，寄个明信片……”

如果她是顾及自身大龄，不得已结婚的，也许现在的生活不太幸福。

如今她已成为别人的妻子，也许终生见不到了，但还是想表达一下补偿她的心情。即使祥子现在已经适应了新的生活，她看到贺年信也一定会高兴的。

高村仍然把祥子定位于“可怜的女人”这类形象之中。

“她的住所，在这儿想不起来。”

“回到家就能知道吗？”

“大概……不知道，问问野村她们就能知道。”

“那请你告诉我！我今晚或明天给你打电话。”

高村净说有关祥子的事儿，清子似乎有点扫兴，高村却毫不在乎地刨根问底。

“再问你一件事可以吗？”

“可以！”

“那她跟谁结婚啦？”

“名字记不得，只记得是医生。”

“医生？”

“庆应毕业的医生。可能是在两三年前吧，野村说她丈夫受到波士顿某个大学附属医院的邀请，要去美国。”

“去美国……”

“她已经有两个孩子了，每天在家中练习英语会话，很紧张。”

“……”

“说不定她现在住在美国呢。”

高村一声未吭，将视线转向旅馆的中庭。

十五年来，高村一直在心中描绘祥子的形象，如今看来都是虚构的。原以为祥子不会太幸福，会陷于自闭和孤独。其实她跟丈夫和孩子们在一起生活得很快活。

“这是真的吗？”

“真的啊。野村说趁祥子在美国，她想去玩。”

“……”

“祥子和她出色的丈夫以及可爱的孩子生活在国外，挺潇洒啊。”

当自己单方面地沉浸于遐想时，对方找到了自己走向幸福的道路，且忘掉过去，坚定地生活。自己为补偿过去而给对方寄钱，好像是男人自我感伤的救赎，是一种多余的、自以为是的念想。

“也许要问问野村，才能知道她现居何处。”

“不，不用啦。”

高村比较干脆地摇摇头。

“要不我告诉您野村的联系方式吧？”

“不用啦。”

先前坐在身旁的那伙年轻人都走了，周围突然安静下来。他们在座时吵吵闹闹惹人烦，人走了却冷冷清清很寂寥。

“已经十五年啦。”

清子不无感伤地说，好像有意打破高村的沉默。

“互相都有变化，没办法啊。”

高村点点头，可心里的郁闷依旧难解。假如祥子婚后生活幸福，她可能把自己彻底忘记了吧？

“她没跟你联系吗……”

“大概是去美国之前吧，给我寄过贺年片，上面印有全家福照片。”

祥子的模样从高村的脑海中退潮般消失了。脑海中重新浮现出东京的从业医院和翘首企盼他的住院病人。

“还在这边待一段时间吗？”

“不，今晚赶回去。”

“学会不是明天还开吗？”

“男人就是如此可笑。”

“您是指什么？”

“就考虑自己方便……”

先前对祥子所抱有的同情完全淡漠了，现在只是在显露自己无端的臆想和单相思的愚蠢。

“只顾及自己方便且得寸进尺。”

高村说到这里，突然心血来潮般地行了个礼。

“今天特地叫你来一趟，很对不起！”

高村突然站起来。清子也跟着站起来。

“这就要走吗？”

“我和朋友三点钟有约会。你这么忙，我还打扰你，真对不起！”

“我倒有时间。今天我讲过的这些事情，对您有用吗？”

“见个面挺好……”

高村这才笑了笑，紧紧握住清子已有皱纹的小手，与其道别。

秋凉

一

“你们两人到底怎么样啦？”

茂木走在银座的林荫道上，边走边问。

“怎么样？哎呀，没怎么样啊。”

近冈和他并排走着，含糊其词地回答。

时间是晚上十点，正是夜总会和酒吧最热闹的时候，也可能是夜黑月暗的缘故，路上来往的行人很少。

酷暑已接近尾声，银座的酒吧街上也微微吹过凉风，因酷热难耐而不愿外出的客人还没完全复出。

可能是漫长夏季所带来的疲劳尚未退尽，或是一个月前发生的空难事故挫伤了人们的闲情逸致，时值九月的银座，仍然没有丝毫的生机。

“请问你们知道哪儿有酒吧吗？”

近冈和茂木边走路边环视四周，卖花的阿姨们笑容满面地凑上前来。她们手上抱着花束，一束卖一千日元。她们回答说可以把两个酒鬼送到他们要找的酒吧去。

据说银座的酒吧有两千到三千家，带路的生意可以顺便做，她们卖花也有时间。

“不用，我们自己能去。”

近冈摆了摆手，两人沿着咖啡店的拐角向右边走去。

他们要去的酒吧，店名叫“樱子”，是近冈五年来常去的酒吧。这家酒吧居于林荫道旁一条胡同里的化妆品公司大楼的地下，面积很小，吧台加上厨房共八坪，只能摆放八把椅子，加上辅助椅子，最多容纳十个人。

不过，来这里的客人都很有修养，满座时，看到有新的客人进店，正在喝酒的人会主动站起来让座。

“已经喝好啦。”让座的客人即使离开也心生愉快，“本来就想走。”新来的客人会连声致谢。

“大家都在照顾我的生意啊！”

老板娘用略显尖锐的声音自豪地说。老板娘个头很矮，她将自己源氏的姓名作为店名，称作“樱子”。

近冈在六年前就和这个老板娘关系很亲密。

当时，近冈欲从一家大型出版社辞职，独立编辑一种规模很小的健康方面的杂志。朋友们都表示反对：“你都做到总编辑了，地位也很安定，何必自己开公司操劳呢！”他又从兼职副部长升到了部长，显然主要是室内工作。

然而，如果独立了，就会拥有自己的事业，永远都能自由驰骋。他基于这样的想法，果断地开发了新的公司。

正好是男人年届不惑的大好时机，又赶上社会的健康潮流，公司的业务发展极为顺利，三年之后，他的公司开始盈利了。

近冈在公司稳定下来时认识了樱子。樱子当时在银座一个叫“花井”的夜总会工作，时年二十六岁。作为陪酒女郎，她已经不年轻了。她个头很矮，身材苗条，只有眼睛很大。容貌不算难看，但让人觉得有点冷硬，不太讨人喜欢。然而她这种生冷而不易接近的特点却让近冈感到新鲜。

近冈与樱子相识后，经常光顾“花井”，两人的关系发展突飞猛进。一年之后，樱子开了这家店，并以自己的名字命名。

开店需要两千万日元，其中一千万日元是近冈出的，剩下的一千万日元是樱子自己的存款和从甲府的娘家筹集的借款。

尽管公司一直盈利，因公司规模小，拿出一千万日元是不容易的，但近冈为自己的女朋友能当上银座酒吧的老板娘而慷慨解囊。

他能在柜台边上注视着老板娘与各色人等打交道，感觉挺不错。

实际上，酒吧开张后，近冈很少在店里露面。最多半个月来一次，一般在客人较少的八九点钟来，不到一个小时就离开。而且总是陪伴着朋友来。

在别的酒吧，经常会看到这样的情景：店里快要打烊时，老板娘的男朋友款款而来，一个人喝着威士忌，等着客人走。近冈不愿意做这种没有品位的事情。

这样又像是在监视老板娘。就是不去店里，店里打烊后，樱子照样会按时回来，不会把注意力转移到客人身上。

近冈年逾不惑，有其相应的自信和胆略，但樱子好像不懂潜藏在男人背后的羞涩和孤傲。

“有空多到店里来吧！”

可能是她傍晚进店，到十二点多一直忙生意，有点担心近冈在此期间的行踪。

“我还是不常去的好。”

按理来说，有部分客人知道樱子的背后有男朋友近冈，应在爱情上退避三舍。因为他很少露面，大家对此半信半疑。

“我就是经常去店里，你也增加不了收入。”

“你可以不付钱，跟你一起来的客人会付钱，而且还会再到店里来。”

酒吧开张后，近冈起初觉得樱子不善经营，没想到她很坚强，早晨九点就起来对账，对完账跑去银行，中午就开始自做简单的菜肴以供店里之需，五点钟又急急忙忙往店里赶。

樱子家是普通的工薪阶层，她先前在银行工作过一段时间，也许是这种正经严谨的职业，把樱子锻炼得这么能干。

“店里很是拥挤，必须有点特色，客人才愿意来。”

“面积太小，很容易客满。”

“人多的时候，你可以马上离开嘛。”

樱子仍然满不在乎地打着如意算盘。

不管樱子说什么，近冈仍认为自己的女朋友开店，敬而远之才是仁义之道。

近冈一直恪守这一信条，一个月就去两三次“樱子”，隔一天去一次她的公寓。不用说,他拿着复制的公寓钥匙,常常趁人少的当儿来来去去。

近冈的家在川崎,他两年前和妻子分居,一直未离婚。两人育有一个女孩儿,由妻子抚养,他按约寄生活费。

夫妻两人都知道彼此已经没有感情了,但也没有急于求成地离婚,程序进行了半截,又停了下来。

不用说,樱子了解近冈的家庭情况和感情归属,却从未旗帜鲜明地表示要当他的妻子。

好像樱子觉得酒吧的经营要比家庭的氛围更为快乐。

一年之前,他和樱子的感情出现了裂痕。

原因是他和一个叫美保的女性好起来了。美保是樱子以前待过的那个叫“花井”的酒吧里的陪酒女。

说起来,银座可去的酒吧并不算多,流言很快就传到了樱子的耳朵里。

本来男人们就互相嫉妒,当发现老板娘的男朋友另有新欢,就会立刻向老板娘紧急报告。

“你另有喜欢的人就直说!别弄得那么不成体统!”

樱子对近冈吼叫道。少顷又改变了态度,以宽容的口吻说:“你要是想和我分手,随时都可以!”

最后她略带挖苦地叹息道:“你对年轻的女人那么感兴趣,说明你也上了年纪啦。”

樱子好像知道,美保这个姑娘比她小十岁,今年二十二岁。

近冈虽然觉得美保挺可爱,却不打算和樱子彻底分手。樱子的稳重老成很可贵,美保的天真烂漫也令人喜欢。他只顾及了自己的感受,而患有洁癖的樱子对这种脚踏两只船的行径是不能容忍的。

樱子首先无法容忍美保比自己年轻貌美,另外不能容忍美保是以前自己待过的店里的小姐。

近冈也理解樱子这种失落的心情,他又不想说“我马上改正”。

暂时放过我吧——这才是他的真心话。

他觉得慢慢就能想出解决的办法来,故忽左忽右地摇摆。在摇摆的过程中,两人的关系逐渐疏远了,首先是不再同床了。

当然是樱子主动拒绝的。

茂木在此之前就了解这种情况,摸不透近冈今晚为何突然要去“樱子”。

“喂,你真想去吗?”

“去趟不行吗?偶尔去一次吧!”

“她可是说和你彻底分手啦。”

茂木是近冈以前在某公司一起工作的同事，现在担任出版部长。假如近冈不从某公司辞职的话，也许已处于同等地位。

“她上次就说自己独来独往了。”

近冈是从其他朋友那里听到这种传闻的。

“还是和她分手了吧。”

“哎呀，这么说倒是……”

大概有近一年时间，近冈没和樱子发生性关系了，也一直没在她的房间里过夜，表面上看，似乎已分手，实际上，两个人没有严肃地挑明分手。

其证据是，他现在偶尔会和樱子幽会、用餐，有时也去樱子的房间。

不过，他以前拿着的房间钥匙，在樱子发现他与美保暗度陈仓时，就收回了。后来只有得到樱子的许可，他才能进入房间。

进入房间之后，他们也只是看着电视，聊聊新闻，没有更进一步的情况。

曾有一次，近冈半开玩笑似的碰了下樱子的肩膀，结果让樱子啪的一声打了一下手。

他们的关系与以前相爱时的状态相距甚远，但也不是互相憎恨。可以说是以相互冷漠的状态暂时保持着相对的平稳。

“她没有找新的恋人吗？”茂木问道。

“哎呀，怎么说呢……”

对于这一点，近冈也弄不清楚，好像樱子相中了最近常来“樱子”的一个叫利根的人。

近冈说出利根的名字，茂木点了点头。

“可能是那个K食品公司的名门子弟，比你稍微年轻点儿吧。”

“四十岁左右。”

“这么说，我也曾见到过他，樱子和他关系亲密吗？”

“搞不清楚，只是听樱子那么说。”

“哎呀，樱子直接跟你说吗？”

茂木惊讶地叹了口气。

“我完全弄不懂你们的关系啊。”

“我自己也弄不懂。”

近冈话音刚落，两个人已到达“樱子”所在的大楼跟前。

二

到了晚上九点左右，小的酒吧客人都不多，而“樱子”却满员了。

几个客人看到近冈他们走进来，就从中间站了起来。老板娘一边注视着来客，一边挥手制止道：

“用不着站起来嘛！”

“不，我正想离开。”

高个子客人装出开玩笑的样子，爽快地让开座位。

近冈和茂木表示感谢，两人嵌入般地在两个空位上落座。

“银座那边人很少，这边仍然很多啊。”

茂木一边接过湿毛巾，一边对老板娘说。

“就我一个女人，要拼命地干啊。”

樱子一边强调她孤家寡人，一边乜斜了近冈一眼。

“这样小的地方，效益真好。”

酒吧里除了老板娘，还有一个欲做话剧演员的女孩在打工。这个微胖的女孩儿与纤弱的老板娘站在一起，形成鲜明的肥瘦对比。

“要兑水威士忌吗？”

老板娘冲茂木问道。她一直善于做放柠檬片、加冰块的威士忌。

之前近冈去她公寓时，就喜欢这玩意儿，此刻好像也就这么确定了。

“好久不见啦！”

老板娘做好加冰块的威士忌时，慢悠悠地对近冈说。好像此时她刚刚意识到近冈的存在。

“挺好吗？”

近冈一个月没见到樱子了，四天前他曾来过电话问平安。樱子说她今年春天去夏威夷时，给近冈带了土特产，让他过来取。因此近冈才突然提出来“樱子”。

然而，老板娘似乎把土特产的事儿忘到了脑后，若无其事地说：

“近冈先生稍微胖了点儿。”

樱子一年来一直用“先生”称呼近冈。这与近冈和美保乱搞男女关系暴露的时间相一致，她以前在客人面前，满不在乎地用“你”来称呼近冈。

樱子好像是通过变更称呼来表示“我和你已经没有关系了”，而近冈却觉得现在说什么都无所谓了。

“是不是喝酒喝过头啦？”樱子开始调侃。

“是吗……”

“要是再胖，那就是中年人的发福，会让年轻的女孩儿厌弃的。”

樱子毫不客气的讥讽，让周围的客人感知到两人的关系非同一般。

“没事儿，反正没什么野心。”

“可是老毛病改不掉啊。”

如果是洞察力强的人，就意识到樱子是在影射美保。

“你要给的土特产呢……”

近冈对于刚进店来就受到冷嘲热讽，厌腻地要改变话题。

“那天你没马上来，我放在家里啦。”

“我并没说那天要来嘛。”

“你办事总是态度含糊。”

樱子不知不觉地说出了“你”，两个人的过往自然地流露了出来。

“那怎么办呢？”

“很急吗？”

“不着急，但夏天快过完啦。”

“你下个星期六到家里取吧！”

酒吧在星期六和星期天休息。

“我可以去吗？”

“没办法嘛。你六点左右来比较好。”

近冈点点头。茂木则插嘴道：

“星期六晚上开‘笊之会’[1]呢！”

每月的第三个星期六，原先所在公司里爱好围棋的同事们，便聚集在赤坂的围棋会所学习技艺。

“这会一般开到很晚。”

学习会前三十分钟由专业棋士讲解和指导，接下来可以挑选对手下围棋。

近冈上个月没参加，这个月打算去。而今樱子邀约，如果去到她的房间，或许比参会更快乐。他是今年春天最后一次进樱子房间的，距今快半年了。

“那就星期六六点钟吧。”

“要遵守时间！”

老板娘说完，转到柜台上，服侍别的客人去了。

茂木听到了两人对话始末，带着叹息的口吻嘟囔道。

“我真搞不懂你们的关系啊。她是喜欢你，还是讨厌你？她是你的恋人，还是你过往的女人？”

近冈又要了一杯加冰块的威士忌后，一字一句地回答：

---

①在日语中“笊”是“笊碁”一词的省略，意为“不高明的围棋”。

“如果硬要说，是朋友。”

“可是，男女之间只有喜好与厌恶，不会有友情，这不是你的一贯主张吗？”

“只有以前发生过两性关系的男女之间会例外地有友情。”

有两个客人在和老板娘谈话，近冈认识他们，其他人是第一次见面。以前来这儿喝酒的客人，近冈多半都认识，好久没来这里，客人变换也很大。

当下这种情况，也许没几个客人知道近冈和老板娘的微妙关系。

“可是……”

茂木把脸凑过来，两人开始小声嘀咕。

“老板娘也许对你还有意思呢。”

“不会的。”

“是她让你星期六晚上去她房间吧？”

“她只是要把土特产交给我。因为我给她饯行时，被她夺走过五万日元。”

“她可不是谁都让进房间的。”

“只是因为以前相处过啊。”

“你还回家吃饭吗？”

"不好说。她休息日不大愿意去外面,喜欢自己做饭。"

"那她会在房间里请你吃晚饭吧?"

"不知道,说不定把土特产交给我,就把我轰走。"

"她能让你去她房间,说明她还是对你恋恋不舍啊。"

樱子外表柔顺,性格刚强,是不会简单从事的。茂木这么说,近冈没觉得有什么不愉快。

"你这个家伙也是造孽!"

茂木这样说着,又进来三个客人。添加辅助椅子就能坐下,近冈却"嗖"地站了起来。

"走吧!"

"好!那与老板娘再见!"

茂木向老板娘招招手。老板娘从柜台头上走过来。

"谢谢光临!"

樱子向茂木致谢后,微跷着脚对近冈说:"星期六……"近冈点点头。

两人走出酒吧,感到外面一丝凉爽,微微的秋风迎面而来。

"咱们再去'花井'好吗?"

"是想跟你的意中人会面吧?"

茂木当然是指工作在“花井”的美保。

“她知道樱子和你的情况吧？”

“知道。反正都是过去的事儿了。”

“根据你与樱子现在的状况，不能说是彻底分手啦。”

“她已经新找了名门子弟。”

“就是找了，也不一定有交情。”

“她自己说是交情很深。”

“她直接跟你这么说吗？”

“对。说那个叫‘利根’的人，每个星期天都来住下。”

“她本人那么说，看来应该是没有。”

近冈也觉得是这样，但他弄不懂女人的心。

“哎呀，樱子就是有男朋友，也没办法啊。”

“当然，因为我自己也在乱搞女人。”

两人走到胡同拐角，见有人摆着一张摊床，把金钟儿和蝈蝈带着绿色笼子一起卖。一个醉汉把笼子接过来端详，可能是当土特产买回家吧。

这些鸣虫的音色让人听得入神。两个人稍听片刻，又开始走起路来。

“你们怎么闹分手呢？”

茂木偶尔一高兴又问道。

“我觉得她比美保要可靠,要好得多啊。”

“各不相同。”

“打比方说？”

“首先樱子很苛刻……”

“我觉得这一点应理解啊。”

“她有洁癖,过于严厉。”

“现在这样的女人很少啊。这总比邋遢要好。”

“你说得对。但我对此有点疲倦了。”

“你太挑剔啦。”

“女人比任何要强的男人更加要强。”

“美保温柔吗？”

“我觉得她也很要强,至今还没暴露出本性。”

近冈说这番话时,两人已经走到“花井”的霓虹灯下面了。

三

樱子的公寓在青山大街进去两条胡同的拐角上,阳台在大街的相反方向，进出方便，又很幽静，前面能看到青山墓地树木的苍翠。

近冈按约好的时间赶到，樱子马上打开了门，她穿着短裤和短袖衬衫，没穿在店里常穿的和服。

“你少有的准时啊。”

“晚了就不让进啦。”

近冈想起自己以前曾失约三个小时，被她痛骂过一顿。

“这个！”

樱子把作为土特产买来的敞领衬衫递过来，问道：“你还没吃饭吧？”

“还没吃。”

“那我现在就做。”

“作为夏威夷来说，这样式挺素雅啊。”

近冈将衬衫按在胸前比试了一下。樱子站在洗碗池旁说：

“找这种衬衫，费了不少劲儿。”

近冈把衬衫叠好，环视了一下四周。房间中央添置了一套沙发，前面还像以前那样放着餐具柜和记账的小桌。房间里收拾得整齐，和以前一样，没有一点灰尘。

“喝啤酒吗？”

“稍来点儿吧！”

桌子上放着凉豆腐、笋和芋头，还有去脂的火腿，都是清淡而不发胖的美容食品。

“不能老吃这种东西。”

近冈一边喝啤酒，一边想起往日和樱子亲密相处的情景。从那时起，她说话总用那种母亲般的口吻。

“你瞧你瞧，别急……”

近冈用筷子夹凉豆腐，一不小心，把豆腐掉到了桌子上，樱子很麻利地拿来抹布处理掉。

“不遮挡一下，会把衣裤弄脏的。”

樱子接着把餐巾覆盖到近冈的膝盖上。

“没事的。”

近冈只是苦笑：多此一举的地方还和以前一样。

“我要吃啦！”

樱子仍和从前一样：饭前祷告，饭后致谢。

刚接触时，近冈很佩服她这种修养，现在已快三十岁了，还在他人面前祷告这祷告那，说得毫不羞涩，近冈也感到有点惊讶。

“先吃梨作甜食可以吗？”

近冈满意地点点头，心中泛起了和樱子亲热一番的欲望。

两人关系疏远后，近一年没亲热了，今天的气氛也许能促成此事。

他们以前做爱，樱子总是让近冈先去洗澡，或者让他剪齐指甲。近冈对她这种规矩感到厌烦，时间过去了一年，她的这种洁癖反而令近冈怀念。

“来一下吧……”

近冈一只手拿着梨吃着，另一只手悄悄地伸向坐在旁边的樱子的乳房，樱子敏捷地往后退身。

“早点吃饭吧，好去围棋之会。”

“那会开到很晚，不用着急。”

近冈见碰她一下有抵触，就不再往下进行了。

两人开始默默地吃饭。

吃完饭，近冈在沙发上仰着身子躺了下来。樱子拿来了枕头。

“那样容易引起头疼。”

“我可以去床上吗？”

“只是眯瞪片刻的话，在这儿就行嘛。”

近冈没办法，闭上眼睛，佯装睡觉，不一会儿真的要入睡了。

近冈朦胧之中觉得樱子好像在洗刷碗筷。水在哗哗地流,还不时听到碗筷的撞击声,随之产生了一种和樱子生活在一起的错觉。

近冈觉得心情很舒畅,心里很满足。

近冈和年轻的美保在一起,总得自己不断地提醒她做这做那,而和樱子在一起,一切任由她如何处置,自己能落个悠闲自在。

近冈耳畔响起茂木的质询:“你怎么和她分手了呢?”继而脑海中又浮现出美保天真烂漫的笑脸。他在胡思乱想之中发出了鼾声。

“我说你啊……”

近冈被耳边的声音吵醒了。睁眼一看,樱子正在摇晃他的肩膀。

“喂,起来吧!到时间了。”

“不,今天不去啦。”

“不行,他也许会来。”

“‘他’?”

近冈从沙发上爬起来,看到樱子在慢慢地摇头。

“利根先生!”

“他不是星期天才来吗?”

“现在人在东京,也许星期六就来。”

“来了可以不开门嘛。”

“不行，他手里有钥匙。”

近冈不由自主地瞅了瞅门上的锁，尔后取出香烟。

“开玩笑吧？”

“我怎么会开玩笑呢？”

近冈点燃香烟，吸到过半，把烟头摁在烟缸上掐灭了。

“那我走啦。”

“路上小心！”

樱子拿起作为土特产馈赠的衬衫，先行站到门口等近冈。

“代向茂木先生问个好！”

“那人真的来吗……”

近冈穿完鞋，又回头看了看房间四周。

刚才自己躺着的沙发，在暗夜的灯光下泛着光。

“那个人要来这儿，是你瞎说的吧？”

“那你可以在公寓门口等着看嘛！”

“没有那种闲情逸致。”

近冈推开房门，樱子好像说了声“再见”，但没有挪步。

近冈点点头，走出房门，只听到背后“喀嚓”一声响，门迅即被锁上了。

“呸……”

近冈咂咂嘴，走到电梯间，直到底楼，再到街上，也没见到利根的影子。

近冈走在大街上，想拦辆出租车，发现旁边有公共电话，便走进电话间。思考片刻后，往围棋会打电话叫茂木。

“是我，近冈。现在马上过去。”

“好早啊。和她一起吃饭了吗？”

伸手一看腕表，才七点半。

“吃啦。她说男朋友要来，赶我走。”

“男朋友就是那个名门子弟吗？”

“不知道！她是瞎说！那个男人根本就不来。”

“真弄不懂啊。”

“是啊，我也弄不懂。”

近冈恨恨地说着，而且越来越气愤。

“那家伙就是倔犟的女人。好胜，好强，自命不凡。”

“……”

“还是以分开为最好啊。”

“我弄不清楚。你快点儿来吧！”

“哎呀,不再勉强啦……”

近冈连喊了两遍,最后“噗”的一声啐了一口唾沫,朝秋风微拂的街上走去。

香袋

一

法子乘地铁到达六本木站时，天下起了骤雨。

她从横滨乘坐东横线时，天气是晴朗的，到中目黑换乘地铁以后，才开始下雨。

时间刚过五点，十一月份天短，天空被雨云覆盖着，街上已是晚上的氛围。

法子临出门时，担心会下雨，就把和服外套和折叠伞都带来了。

没想到雨下得这么大。

在地铁出口处，没带雨具的人们一动不动地站在那里，注视着街面的情况，巴望着雨停。

法子站到人群前面穿上外套，撑起雨伞，缓步走到街上。

从六本木车站走到时村的公寓，约需十分钟。时村说只需五六分钟，应是男人走得快的原因。

法子后悔穿着和服来这里。她过午以前还想穿西装来，下午却改变了主意。

“你穿西装很漂亮，穿上和服会更加漂亮。”时村经常这样赞许。

法子记着这句话，半月前买了条“道明”牌细绦带，紫色的细绦带与淡紫色的和服很协调，和白色的盐泽料的腰带也很搭配。时村看到这种配色一定会夸奖。正因为如此，她才在下午改变穿着的。

法子穿和服时，没想到会淋雨，只考虑她和时村幽会时的效果。

雨仍在下，好像暂时不能停。

可能是突降骤雨的缘故，平时有那么多空载出租车，现在却一辆也看不到，偶尔过来一辆，马上被别人拦走了。

可能正逢下班时间，人行道上非常拥挤，行人打着各式各样的雨伞，或前后同向，或擦身而过。

道路左侧的车展大厦上，电光表指向五点十分。

法子和时村约好五点钟幽会。平日里，若法子按时去，有时会遇到其他客人，有时会碰到时村在煲电话粥。若是去晚了，时村会不高兴。他是个大忙人，难怪他惜时如金。如果幽会在时村的公寓里，多少晚点儿也没问题。

平时,时村和法子幽会之后,一定会到外面去走走。一般是八点,偶尔会九点,两人肯定会出去。

因为导演的工作性质,晚上的聚会比较多,并非全部为工作。也许与朋友喝酒,也许与别的女性幽会。

然而,在傍晚到八点这个不早不晚的黄金时间段幽会,与其说是时村的希望,莫如说是法子的专断。

从六本木到横滨靠近法子家的弘明寺 ,即使电车正常运行,也需要一个半小时。法子考虑到丈夫不在家,上中小学的两个孩子在家等着她,无论如何得在十点左右回到家。由此倒算,她必须八点离开六本木。

时村的时间把握比较自由,是他率先提出早点幽会的主张。两人曾在白天幽会过,法子觉得自己去到男人的房间,在明亮的阳光下被男人拥在怀里,心情是沉重的。也觉得自己有点贪婪,难免心中郁郁寡欢。

如果早点幽会,可以在太阳落山时出门,不到很晚就回来,心中多少得到一点宽慰。

时村知道法子八点就得往回走。自己剩余的晚间时光可以再和别人约会。法子没有理由责备他。

如果赶到的时间晚，幽会的时间就会相应变短。

法子足足等了五分钟，仍打不上车，便狠了狠心，决定步行前往。

以前天气晴朗时，法子曾从六本木步行去时村所在的公寓，她边走路边观看路旁的商店。时间充裕时，或走进西装店和首饰店看看，或走进寿司店买点儿寿司，或买点儿西点和水果带去。

因为时村不喜欢吃甜食，因而基本上不吃这些东西。他吃饭没有时间规律，常常和法子分别后，再和别人去聚餐。

没办法，法子有意买些花带去。花可以给缺乏风趣的男人的房间里增添些色彩和生机。

今天法子在雨中步行的起因之一是为了买花。乘出租车途中让人家停下来等她，总觉得有点不妥。

法子走进了路旁大楼一楼的花店。

花在微润的空气中散发着浓烈的香气。

“各要五支！”

法子对店员说完，接着又思忖：时村的房间里是不是已经有花了呢？

要是有了，再买多余，不过花再多也不碍事吧。于是，她挑选了黄、白两种颜色的十支蔷薇花。

二

法子到达时村的公寓时,时间刚过五点半。

“你来晚啦……”

时村一见到法子的面就嚷道,但不是多么不高兴。

“雨太大,走着来的。”

“我还以为你不来了呢。”

时村站在门口,像奉行礼节一般,欲在她额头上轻吻一下。

“请稍等!我是走着来的,很热,出汗了。”

法子快速地躲开时村,不愿让他吻到自己雨汗交杂的额头。

时村的公寓有个十张席子大的起居室,里头是个八张席子大的卧室。虽然不是特别宽敞,但是容一个男人生活已经足够。

何况房间里收拾得干净利落,没有任何多余的东西。起居室中央有一套家具,窗口前有桌子,左侧墙边有小型橱柜和餐具柜。其他零零碎碎的东西,整齐地摆放在右边镶着的隔板上。给人以室内空间利用充分且近乎完美的感觉。

法子每次来这里都心生疑惑:这房间是谁给收拾的呢?

时村说是“自己收拾”，法子觉得一个男人是做不到的。

当然，用吸尘器清扫灰尘，整理散乱的文件和衣物，男人能够做到。而各个角落都收拾得停停当当，不仅看得见的地方没有垃圾，就连书架边和窗台边都一尘不染，这可不是普通男人能够轻易做到的。

今天，桌子上有点杂乱无章地堆放着书籍，组合家具的茶几上放着啤酒杯和烟斗，但房间的各个角落仍打扫得很干净。

法子从洁净中看到了女人的影子。

然而，法子并没有理由责备时村。法子有丈夫，时村和妻子分居，两人都是有家室之人。无论谁给打扫，她都没有权力干涉。

“房间很干净啊。”

法子只能这么说。时村好像没听见似的不言语。

“我拿来几枝花……”

见时村不答话，法子开始说花。

“柜上有啊。”

左边餐具柜上的白瓷壶里插着唐菖蒲和满天星。

“我猜可能有。不买就好啦。”

法子想到自己为买花，冒雨徒步从车站远程而来，突然觉得荒唐可笑。

“我觉得那玩意儿早该扔掉啦。”

“还挺漂亮的，扔掉有点儿可惜。这是谁插的？”

“不是谁插的。是我认识的一个老板送来的礼品。”

时村毫不客气地说，也能看到插花作为礼物被精心加工和包装过的痕迹。

“还有别的花瓶吗？”

“有个小花瓶。先前那些不要了，把它扔掉吧！”

“人家好不容易给你拿来的，扔了有点对不住啊。”

“没事儿。”

“真的吗？”

法子叮问道，她把插着花的白瓷壶拿到洗碗池里，把花一一拔出来。

“明天送花的人看到会生气的。”

“明天早晨我去摄影棚，不在家。”

“那人今天刚来过吧？”

“你好像有点误会。”

“是吗？”

法子把还在盛开的唐菖蒲从中间折成两段，连同满天星扔进洗碗池下面的塑料桶里。

“你喝点儿什么吗？”时村问道。

“不要。”

洗碗池的不锈钢台子上放着一块小花图案的搌布，上次来的时候没看到这块搌布。法子把拔掉的花用力甩进塑料桶，好像要甩掉未曾谋面的女人一般。把白瓷壶里的水也都倒掉了。

“我突然决定下个星期四去新加坡。”

时村好像故意变换话题，轻声地说。法子站在洗碗池旁，背对着时村。

“是去工作吗？”

“先去勘察一下外景。待五六天再回来。”

“你今天很忙吧？”

“再忙也得见你，心里才能平静。”

“你对谁都这么说吧。”

“你真傻……”

法子修剪了一下新买的蔷薇花，插进白瓷壶里。

“好漂亮的和服！”

时村从身后注视着法子，不无感慨地说。

“请把脸转向这边！”

“……”

“我想从正面看看你。你好不容易来一趟，我还没好好地端详你呢。”

“别看啦，我不漂亮。你总是和漂亮的人幽会嘛。”

法子本来不想这么说，却不由自主地说了出来。

“哎呀，不管怎样，你先把脸转过来！”

时村凑上前，让法子拿着花回转身体。

“很合体。还是穿和服漂亮。”

“穿西装就差一截吗？”

“穿西装也很漂亮，穿上和服，女人味儿会更浓。这条细绦带是道明吧？”

“你能分辨出来？”

“摸摸就知道。”

时村又要和法子接吻。法子手拿鲜花，把下颌突了出去。

“你身上有沉香味儿。”

“你挺懂啊。”

法子临出家门时，悄悄把沉香袋系在了带子的衬垫里，带了出来。此刻，她一方面佩服这个男人所具有的细腻而精准的分辨力，一方面又嫉妒这个男人懂得且熟悉这些令人回味无穷的味道。

“我想让你快点儿把腰带解开，把衣服脱光！”

“等等！先把花插好。”

因为道明的细绦带受到男人夸奖，沉香的味道不时沁人心脾，法子的情绪稍稍有些亢奋。

“从新加坡带点儿什么回来？”

“只盼着你人早点儿回来。”

法子把插满蔷薇花的白瓷壶放回餐具柜上。

“漂亮！蔷薇花一放，房间的气氛就变啦。”

“扔掉的花真的挺好的。”

“你又要说别扭话。”

“对啦，我已经三十五啦。”

“我四十。”

“你还年轻啊。你还能玩很长时间。”

“不要多说啦。”

时村突然把法子紧紧地抱在怀里，继而一起滚到床上。

时村的卧室里安放着双人床和日本式衣柜，床侧有床头柜，放置台灯。

此前法子有点疑惑:他一个人为何需要双人床呢?时村说双人床容易入睡。

法子觉得是为了便于和女人睡觉。而那个女人恰恰就是自己。

可能时村已为两人幽会作足准备,房间里亮着光线微弱的台灯。

时村躺着拥抱法子,给她解开胸襟。法子顺从而享受地闭着眼睛。

她这个年龄一般不会喊叫或抵抗。不管时村怎样操作,她的身体都会慢慢地呈现自然反应。

时村没解腰带,只是抚弄和吮吸乳头。反复几次后,他慢慢地把手挪向和服下摆。

“等等……”

法子意识到自己当下是一副衣衫不整的丑态。

“我马上把衣服脱掉。”

“要快点儿!”

时村的声音因欲火中烧而含混不清。

法子爬起身子,到起居室脱和服。

和服是她下午花了一个小时才精心穿好的,仅让时村看了几分钟就脱掉,有点可惜,但时村夸奖过了,也未尝不可。

法子把和服和腰带集中放在沙发上,穿着长衬衣走回来。时村将被子的一头给她掀开。

“快进来……”

法子在催促之下,从一侧钻进被子。时村急不可待地紧紧抱住她。

“很暖和,很暖和啊。”

时村一边说,一边用手抚弄法子的身体。法子的身子渐渐地温润起来,两人很快进入了“仙境”。

三

时村有个习惯,两人做爱后,会问法子的感想。

“好不好?”

法子没回答,她只是把手按在额头上,似乎要遮住微弱的灯光。

“怎么样,挺好吧?”

“讨厌!”

好与不好并不用说,男人比女人更清楚。按理来说,时村应该了解了一切,他好像是要通过语言来作进一步确认。

“你还是很厉害的。”

“别这么说！”

最近几年，法子的身体突然变得敏锐起来，时村触碰她身体的任何部位，欲火都会被点燃。她一个人在家里想起时村时，做爱的过往马上唤起身体的需求。

法子和丈夫之间没有这样的体验。他们虽已育有两个孩子，却从来没有达到忘我的境界。

老实说，法子和时村建立关系后，似乎身体被完全唤醒了。

“你到这边来……”

时村再次把法子拥到怀里。法子爱在完事后把长衬衣脱掉，赤裸着身子。

“真是光滑、柔软而富有弹性。”

时村的手在法子背上、腰间滑来滑去。他的双手就像一对很大的蒲扇。只消这双手碰自己一下，法子的情绪马上就会平静，并感觉来这里幽会很爽。

“你喜欢我吗？”

“当然啦。”

法子冲着时村直率地回答。

“胜过任何人？”

“哎……”

“他呢？”

时村用“他”来称呼法子的丈夫。

“你知道的嘛。”

法子爱时村，远远胜过爱丈夫。因此，时村一呼唤自己，马上就从横滨的家中高高兴兴地赶过来。他明明知道还捉弄人。

“你和他也这么好吗？”

“他基本上不在家啊。”

法子的丈夫一年前开始担任福冈的分公司经理，只在周末时回家。

“他回家后，需要这个，你不能拒绝吧？”

“他对这方面不感兴趣啊。”

“他毕竟是个男人嘛。”

“我除了你，兴奋不起来。”

她的丈夫比时村大一岁，对性的需求很淡薄。最近周末回家，基本上不碰她。即使偶尔有要求，法子也没有情绪。

“这样的话，他会在外边交女朋友。”

“交也没办法。”

“你好爽快啊。”

“上次和你幽会以后,今天第一次神清气爽。”

“上次是在半个月前。”

这半月期间,法子没和丈夫行过房。

“你和他什么也没做,他能忍得住吗?”

“可能另外有女朋友吧。”

“不,我是说你。”

“和自己不喜欢的人睡觉,那还不如不睡呢。”

“是吗?”

“女人如果有一个特别喜欢的人,和别的人就兴奋不起来啊。”

时村好像理解并感激。他轻轻抚弄着法子的乳房,一会儿又把右手伸到她的腰下,从下面把法子抱了起来。

“你要干吗?”

“我想看看体形。”

时村拉开被子,法子仍蜷曲着身子躺在那里。

“不行,快盖上!”

“身材苗条,又有曲线!”

时村抚摸着法子外露的腹部。

“我害羞，别看！”

法子嘴上这么说，其实对身材很有自信。法子的两个姐姐很胖，只有法子很苗条。她与年龄相仿的女性相比，毫不逊色。

“你看过很多年轻女人的裸体吧？讨厌！”

“没看过。”

“哼！不说实话，我知道啊。”

法子不知道或者说不认识到时村房间来的女性，但考虑到他的嗜好，大致就能猜得出来。可能基本上都是些年轻、漂亮的女性吧。

时村是个独居的导演，像他这样能干的人，也许年轻的女性会自然地跟他接近并找上门来。

“你是觉得我上了岁数，可怜我，才跟我交往的吧？”

“……”

“对你来说，我只是众多女人当中的一个。”

“你说得多么无聊。”

“若碍你事就直说！”

尽管法子贫嘴薄舌，她的身体仍在享受时村的爱抚。

“别瞎说！咱们下周再幽会好吗？”

“今天刚见面，又要……”

“你能过来吧？”

“你不是要去新加坡嘛。”

“要去。我想在临行前幽会。定在星期二傍晚，和今天一个点怎么样？”

“最好别勉强。”

“不勉强。”

法子心里巴不得时时承受时村的爱抚，嘴上却说的不一样。

“我不来也行，你和其他的女朋友幽会吧！”

“你知道我喜欢你嘛。”

法子曾被时村咬过耳朵，某种程度地相信他说的这句话。时村是否真的特别喜欢姑且不说，也许他是怀旧或依恋。

“是因为喜欢，才持续了这么久。”

法子和时村发展成这种关系，已五年时间了。其间，他们一个月幽会一次，多的时候两次。这种节奏一直没变，觉得今后也不会变。

“持续时间久，未必就好吧。”

法子还在矫情。

“先不说好与不好，持续本身就不容易。”

“今后也要？……”

“当然是不分开。”

“我对你来说，只是合适吧？”

“别瞎说！”

当下，时村身边的女性们都希望和时村建立某种关系。她们虽然没有用语言明确地表达出来，思想上已意识到时村是个与妻子分居的自由男人。

奇怪的是，法子却不希望和时村结合在一起。时村也对婚后生活的繁琐感到厌烦，乐于享受单身的自由。法子不想也不能阻碍这种男人对自由生活的向往和追求。

法子对于自己和丈夫的婚姻很失望，虽然和时村保持着并不光彩的两性关系，却既没有勇气抛弃家庭，又不甘于身处无爱的家庭氛围之中。

这样，法子的感情生活在家与情人之间保持着均衡。

“尽管我是容颜不驻的老太太，还是希望你跟我继续交往，不抛弃我！”

“你不是老太太。”

“可是，你身边有很多年轻、漂亮的女人。”

"那是因为工作……"

"我认为不只是工作。"

"你过虑啦。"

"凭女人的直觉能感应出来……"

法子说到这里，似乎要摆脱对时村的依赖一般，一跃而起撑着身子，扭头看床头柜上的表。

"已经七点啦，该起来啦。"

接下来她还要整理头发、穿和服，至少需要一个小时。又不能耽误乘车回家的时间。

"你今天还要外出吧？"

"八点半到赤坂和人见面。"

"那我就先起来啦。你再休息会儿吧！"

法子让时村侧过身去，给他掖了掖被子，自己穿上长衬衣，下了床。

随后去浴室冲了个澡，继而坐下来理整头发。

她后头部长发圆圆拢起来的形状与来时有些不同，因为是在晚上，不必担心让别人看见。

她别上最后一个发针，用镜子照了照发型，接着把粘在梳子上的落发集中起来,想扔进洗脸池下面的垃圾盒里。她低头一看,猛然发现了引人注目的东西。

盒里有丢弃的白色的卫生纸,卫生纸卷着几根又黑又长的头发,显然不是时村的。有的卫生纸上留有口红的痕迹。

法子端详了一小会儿,把自己脱落的头发扔到里边,走出了浴室。

她回到卧室,时村仍在睡觉。时间是七点半,叫醒他有点早。

法子一边用小柜橱上的镜子照身上,一边穿和服。

她弄齐下摆,合上领子,不知为什么,她突然觉得身心疲惫。几小时前,她在家里信心满满地系腰带,高高兴兴地系道明的细绦带。现在复系,心情却是沉重而空虚,似乎一切都是徒劳的。

穿完和服,七点十五分。

时村该起来啦!法子走到床边,时村好像已被人唤醒一样地睁着眼睛。

“几点啦?”

“马上就八点啦。”

“那就起来吧。”

时村说着,从被窝里伸出手来,拉住法子的胳膊。

“来一下……”

“干吗？”

“亲吻一下……”

“不行。”

法子挡住时村伸过来的手，抽身而退。

“怎么啦？”

“赶紧起来吧，别耽误约会。”

法子忧心忡忡地回到起居室。

“你这个人太不热情啦。”

时村一边发着牢骚，一边走进浴室。

法子独自端坐在沙发上，脑海里浮现出刚才所看到的头发。

那一定是女人的头发。那个女人在浴室里梳头，擦口红，掉落的头发用纸包了包，连同擦口红的废纸一并扔进了垃圾桶。估计是那个女人在睡觉时弄乱了头发，冲过淋浴后，又整理发型、擦口红吧。

法子曾想象过时村房间里经常有女性光顾。又觉得时村独居在外，精力充沛，结交女朋友情有可原，也没办法。

今天是第一次明显地观察到女人的废弃物。长长的头发和口红的印记反映出鲜明的性爱的痕迹。

法子突然觉得自己很肮脏，觉得女人的口红也不洁净，男人和女人都下贱而放荡。自己与放荡的男人缠绵不休很悲惨。认为男人、女人包括她自己都不可饶恕。

“哎呀，这爽快多了。”

时村用手抚摸着刮掉了胡须的两鬓和下巴，从浴室里走出来。

“现在马上就穿衣服，咱们一起走！”

法子没答话，她仍在沙发上端坐着。时村没注意到法子情绪的变化。可能正是男人的粗心大意，才那样放着垃圾盒的吧。

男人不梳头，也就不易关注到浴室的垃圾盒。

“雨停了吗？”

“啊……”

法子背对着时村应答。

“下周星期二来吧？”

“我也许来不了。”

“怎么呢？你刚才还说可以的。”

“突然想起星期二有事儿。”

“那就星期一吧，不过那天要七点以后才行。”

“你用不着再和我幽会了吧？”

“不对头啊……”

时村一边穿西装，一边嘟囔道。法子快步回到浴室，再次验证自己所见。

洗脸池左端的盒子里放着卫生纸，再往下是垃圾盒。垃圾盒是个黑色的小塑料桶，法子又拿起来看了一遍，那刺目的、包着长发的纸与带有口红印记的纸，以及法子刚才扔掉的纸，杂乱无章地堆放在一起。所见之物证实自己不是看花了眼。法子突然转念想到，只要女人来到这里，就一定会使用卫生纸。梳头发、涂口红、擦污物，无不需要。

就在此刻，她听到时村在门口外面喊：

“准备好啦，走吧！”

“好！马上走。”

法子麻利地环视了一下四周，确认时村没走进来，迅速把裹在带子衬垫里的香袋取了出来。

香袋很小，由佐贺织锦制成，里面放点沉香。一般来说，女人能从身上取出香袋来，肯定是解过腰带的。

“喂，还不行吗？”

时村再次喊话。

法子没答话，有点恋恋不舍地把香袋往脸上蹭了蹭，然后把它塞进了卫生纸盒里。

只要放到盒里面，后到的女人抽卫生纸时就会发现。就是发现不了，纸上也会熏上浓重的沉香气味儿。

“让您久等啦！”

法子从浴室出来，看到时村已穿好了外套，静候在门口。两人一前一后走到廊道上，时村锁好门，轻声说道：

“我刚才说的那件事儿，星期一七点可以吗？”

“很遗憾，我还是来不了。您从新加坡回来，再给我打电话吧！”

法子以柔声回答，心中却巴望着佐贺织锦香袋的气味儿传给其他的女人们。

春怨

一

松村千加穿上结城料的淡紫色和服，系上岩濑料的腰带，又用镜子照了照自己。

她黝黑的头发微微蓬松，鸭蛋形的脸面上透出淡淡的粉色，显得比平时华丽不少。

“可以吧？”

千加冲着镜子里的自己问道。

当然没有人回答她。但是再过一个小时，她就能见到生驹真一郎的面了。

三天之前，生驹向千加预定铺着榻榻米的和式房间。千加的饭庄只有五个房间，且全部满员。于是，千加硬是将早已预约的四个客人迁移到收款处，把一个能看到院子的房间给生驹腾出来。

“您再早点儿说，我可以早作调整嘛。”千加在电话上责备道。生驹回答说：“我本想在大阪吃饭，突然就想去京都啦。”千加本想再说点什么，听生驹这么说，心里感到高兴，就不说什么了。

“我期待着能见到你。”

“我也是。”

千加现在身上系着的腰带，是去年二月生驹来京都时给她买的，素雅的底色配上淡淡的樱花图案。与这个季节再合拍不过，淡紫色的和服再配上这条腰带，可谓锦上添花。只可惜这东西平时不能系。起先盼望他四月初来，可是他要三月底提前来，千加显得有点慌张。

“合身吗？”

千加仍用镜子照着樱花图案，自问自答，兴奋地期待着一小时后的幽会。

千加拥有的高级饭庄“松村”位于东山南禅寺附近，占地面积二百多坪，不是很大，但周围绿树掩映，位置优越。千加的妈妈健在时，作为和式餐饮旅馆营业，十二年前妈妈因病去世，遂改成了高级饭庄。

一大早就动用女佣和厨师为很少的房客服务，既麻烦又不划算，何况现在很多客人讲究品位，寻找和入住舒适的酒店。千加本想大胆地改扩建，但随着妈妈的故去，一些老主顾已不再前来。她经营高级饭庄也没有经验，不得不为开拓新的客源而操劳。

幸运的是，她天性要强且性格开朗，由此结识了不少回头客，从关西到东京处处都有，客源的层次也得到了提高，使“松村”在五六年间发展成为京都生意兴隆的饭店之一。

然而，生意的兴隆并非没有代价，她和同龄的丈夫因感情不和，于五年前正式离婚。首要原因是丈夫作为入赘的女婿，与家庭成员关系不协调，其次是千加对工作过于专注，忽视了与丈夫的情感交流。

明确地说，千加对前夫并不留恋，但一个人执业非常辛苦，心中也有不安，于是在距饭庄很近的冈崎买下了一所公寓，和女儿美穗一起居住在那里。

美穗是独生女，饭庄迟早得由她来继承，她本人却好像讨厌服务行业，说上完大学就找个工薪族嫁了。她私下可能有这种想法：我可不愿意稀里糊涂地继承高级饭庄，经受妈妈那样的辛劳与挫折。

后来，美穗看到千加一个人奔波操劳，渐渐有了继承家业的想法。她并非积极主动，而是心疼和怜惜妈妈，不得已而为之。

千加也体谅女儿的心情，但在美穗毕业以前，不会让她去宴会上应酬。身为大学生，不能让她学喝酒，更不能让她关注男女之间那些事儿。日后她要接手高级饭庄，该学的经营管理方面的东西多的是。

美穗大学四年级时，千加常让她来店里帮忙，主要做烫酒、在门口整理客人脱下的鞋子等事。不用说，美穗穿着西装站在店门之前，几乎所有的客人都想不到她是千加的女儿。

美穗去年春天大学毕业后，千加才让她在店内做传菜员，把盛满菜肴的盘子从厨房端到宴席前的餐边柜上，没有让她和客人碰面。

到了十月份，开始让美穗到宴席上，做见习服务生。

这种锻炼，是为了让她将来胜任老板娘的工作。老让她待在后台，她会逐渐厌烦的，让她适应一下宴席的气氛比较好。

千加把女儿第一次从事的酒席服务安排到生驹的桌席上。

千加有很多熟客，但生驹是最对脾气的朋友，即使女儿有什么闪失，也能得到谅解。

千加是出于对生驹的信赖和撒娇，才会产生这种想法。

距今四年前，生驹第一次来到“松村”。那时候，生驹担任东京某精密器械公司的专务董事,他是到大阪视察地处郊外的分公司时,顺便来到这里的。

从那以后,他每到关西,就习惯性地来“松村”,其大阪分公司的职员也经常光顾这里。

生驹是理科出身,平时不爱多说话,让人误以为很难接近。其实与之交谈起来,他很爱开玩笑,让人觉得平易近人。部下们说他是下一任总经理候选人,但他始终没有那种妄自尊大的傲人神态。

千加听说生驹是理科的高才生,有点崇拜他,陪他喝过好多次酒,两人渐渐熟悉起来,直至去年春天在京都的旅馆里发生关系。

千加离婚已经四年,饭庄的事业发展顺利,也许精神上有些空虚,何况女人闯事业身心疲惫,寻求点性欢乐在所难免。也许她倾慕生驹强有力的本事。

从那以后,店里的管理和个人的事情,千加经常找生驹商量。

生驹在东京有老婆孩子,千加从没想过和他结婚或同居。只是一个女人有时感到孤单,有个遇事可商量的人未尝不可。

为方便散客就餐,在大堂设柜台;让女儿去宴席实习锻炼等,都是采纳了生驹的意见。

但是,生驹从来不积极畅谈自己的想法。只是被千加追问时,才无奈地谈一下自己的意见或建议。

可能生驹觉得自己不是饭庄的出资人,不应该介入太多。而对千加来说,她愿意听从生驹的真知灼见。

两人交往日益增多,周围的人怎样看待他们的关系呢?

生驹所在公司的同事们都知道专务董事和老板娘互相中意,好像还不能认定他们有更深的关系。

千加店里的工作人员也如此这般。好像只有负责账款的照代高度怀疑,但抓不到什么证据。

特别需要提防的是女儿美穗,从年龄上来说,她还是个孩子,但生活在一起,不能疏忽大意。

千加平时处处留神,尽量不让女儿看出蛛丝马迹。她和生驹互有好感,女儿似乎有所觉察,迟早也会清楚明白。可无论怎样,这事儿不该由自己说出来。

二

"松村"的客源很充足,是企业在这里接待客人和开碰头会的理想之地。晚宴居多,一般是六点或六点半开始,十点左右结束。

虽然是三月末的结算期,但今晚一楼的两个房间和二楼的三个房间，加上柜台都已经客满了。

千加五点钟赶到饭庄，先在账房里简单安排一下事务，落实各房间的挂轴和鲜花，又到厨房露面。

千加尽量为客人供应原汁原味的新鲜菜肴，力图胜过所谓的京都菜肴。侧重点在味道，如果只是精心加工而搭配得漂亮，其他的高级饭庄也在做，就没有个性了。

进入三月后，用炭火烧烤厚膘的六线鱼，本可以加上姜末儿就端出来，而她要求将新鲜的竹笋做成拼盘，足足地盛在小钵里，为的是让客人享用到应季的新鲜味道。

厨师们认为增加了花样的菜肴，会让客人误认成家乡菜肴，不赞成此举。他们认为这里是京都的高级饭庄，就应该提供名副其实的京都菜肴。

“加工过了头，真正的味道反而会消失。”

千加是个京女，小时候曾被托付给金泽的祖母抚养。她吃惯了北陆新鲜的海味，觉得京都菜肴虽加工细腻，但缺少原料香。

由此而来，“松村”的菜肴成为厨师长所主张的京都菜肴和千加所要求的家乡菜肴的混合物。

两者意见相融合，似乎有点不伦不类，但客人们的评价却不差。

妈妈的严厉。有的客人说:“老板娘是个眉清目秀的漂亮女人。但不应继承妈妈的那种严厉和好胜。”

然而,站在千加妈妈的立场上看,她因为和优秀的男人在一起而操了一辈子心。表面上是“老板娘”,既风光又有面子,背后却一直担心爸爸的男女关系状况。从这种意义上说,妈妈直到最后都不是个经营者,而是个女人。

千加这一点正好相反,她义无反顾地和丈夫分手,殚精竭虑地经营饭庄。她认为与其被男人任意摆布,倒不如维护饭庄这种实实在在的东西来得可靠。

而生驹对于千加的生活来说,是微微亮起的一盏灯。虽没达到至亲的程度,却时常产生情欲的冲动,甘愿忘掉一切投入这个男人的怀抱。

虽说她作为优胜者占据着市场的一席之地,但没有永远坚持且屹立不倒的自信。

三

时针指向了六点,千加开始到宴席上向客人寒暄。

寒暄的顺序每天不同,原则是先去重要客人在场的大宴会,最后探望熟悉的客人。

今天先行到达二楼大厅十五个人的宴席旁。

“欢迎各位光临松村,非常感谢各位赏光!”

千加在入口处的隔扇前两手扶地,高声致谢。上座马上有人说道:

“啊,是老板娘……”

客人的目光齐刷刷集中到千加身上,千加像瞬间触电一样,感到了莫名的紧张。

宴席上呈现出暂时的鸦雀无声,接着又响起难以分辨的嬉笑声和叹息声。熟识的客人重新审视老板娘的美丽,新的客人则露出惊讶的目光。老板娘的出现,使场上男人们的关注点,不由自主地由引人注目的年轻女性移向风韵犹存的老板娘。

“舍我其谁”的感觉油然而生,令千加瞬时陶醉在惬意的自恋之中。

基于自己十五年来含辛茹苦做老板娘的过往,此时获得了不可名状的充实感和成就感。

“请老板娘来这边……”

千加被主宾呼唤到上座去寒暄。

“你依然是个漂亮女人啊!”

客人为了显示他和老板娘是老相识,竟特意用亲密的语言。

“好久不见啦,您身体好吗?”

千加在众目睽睽之下,尽量用客气、柔和的语气跟人说话。

如果让年龄相仿的女人看到,就会妒忌地讥讽:“什么呀,就你装模作样……”男人们则没有那种坏心眼儿。相反,大家都期待千加来到自己旁边。

由此可见,这里的风头被千加所独占。

只要坐席上大多数不是特别死板的人,千加所到之处就会响起笑声和吵嚷声。

千加从少女时代起就很认生,见到陌生人感到胆怯。长大后觉得自己不适合从事服务行业。而现在熟识她的人却异口同声地说,她天生就是做老板娘的料。

千加纤细而溜肩的姿容也无须赘言,据说她脑筋灵活,很会配合对方说话。曾从容而幽默地挖苦和反击坐在上座的高级人士,博得同桌客人的喝彩。

“她是个好女人,但不好对付啊。”

被驳倒的客人无奈地说,但看上去仍然高兴。

千加不只在关照高级人士上下功夫。

她不忘与待在末席的人和负责接待的人逐一打招呼。她从心眼里重视这些人。一是出自于长远的观点,二是为了店里的事业,为了女儿的将来。但美穗却认为“妈妈太随意,不讲究礼数”。

“你女儿怎么了?”

千加最近经常听到这种问话。

自女儿半年前到宴席服务,好像客人们都充满着好奇心。

“可能稍过一会儿,她就会和我们打招呼。”

“她是个不亚于老板娘的漂亮女人啊。我要是年轻几岁,就会拼命闯进去做女婿。”

等做主宾的社长说完,在旁边的董事便插科打诨。

“你去当女婿?你该不是想勾引老板娘吧!”

“那就干脆勾引老板娘,可是这个老板娘可不好勾引,她非同一般啊。”

之前的某天,一位总经理用一本正经的口吻问千加:

“你真的没有自己喜欢的人吗?”

“有。”

“有……那是谁?”

总经理赶忙反问。千加一边斟酒,一边调侃:

“就是我现在正在给他斟酒的这位。”

千加故意用含情脉脉的眼神瞟了一下对方,在座的所有人哄堂大笑起来。

“她很会做生意啊。”

总经理感慨地赞扬道。千加却在想象女儿同时出现在这里的场景。

坐在这里的客人们看到美穗,会做出什么反应呢?

千加能想象出来,客人们会说:“她长得和老板娘一模一样。”“眼睛和嘴巴很像他妈妈。”客人们还可能问她的名字和年龄。

客人们会称赞:“挺年轻啊……”随后自己会伴随着散场,感叹自己的年龄差距。

千加想到这里,觉得有点寂寞和遗憾。

四

千加先后转了二楼的三个房间和楼下的一个房间。八点多钟,转到了生驹所在的房间。

已经转了四个房间,被几个客人揪住灌了一些酒,千加有点微醺了。

一般作为高级饭庄的女老板，无论客人怎么劝酒都不会喝，千加不同，她会礼节性地喝一杯。并不是特别喜欢酒，客人特意给斟上酒，其盛情难却，喝一杯是一种礼貌。

光讲究礼貌也不行，像今晚这样客人很多的时候，会喝醉的。

在宴席上必须控制着酒量，不能醉倒。必要时抽空去账房喝水消酒。

千加觉得自己还没事儿，不过今晚生驹到了，她担心自己看到他的脸庞会不能自抑地撒娇。

即使关系再亲密，只要进入宴席，就应保持严肃。

她在隔扇前面把手插进腰带中间，调整了一下呼吸，准备步入房间。

突然，房间里传出女人的尖叫声，随即响起了男人们的哄笑声。

因为声音太过嘈杂，千加不便立即进入，接着听到年轻的女人喊："哎呀，你太坏啦……" 随后又响起新的笑声。

好像是女儿美穗在喊叫，依稀分辨出生驹也在开怀大笑。

可能是有人在恶作剧吧。即便是这样，声响也太大了。

千加忍不住拉开隔扇看，见美穗坐在正面座席上，扬着和服袖子,正准备朝邻座的生驹头上打下去。生驹则双手抱着头作回避状。周围的客人见状笑得前仰后合。

“欢迎大家光临‘松村’……”

千加用响亮的声音开说欢迎辞并鞠躬致敬。于是,大家不约而同地回头观看,场面很快安静下来。

“哎呀……”

生驹对千加突然闯入感到惊慌,赶忙把手从头上放下来。与此同时,美穗也把举着的手放了下来,重新坐好。其他客人也都收敛笑容,端正坐姿。

“非常感谢诸位赏光!”

千加又鞠了一躬,大家都像孩子干了坏事被发现一般,顺从地垂着眼帘。

场上热烈而又欢快的气氛,因为千加的到来而烟消云散了。

“说实话,刚才让美穗抓了一下这玩意儿……”

生驹有点尴尬地伸手拿出一个像是橡胶制成的蜈蚣。

“哎呀,没想到她那么惊讶。”

生驹认真地加以解释,千加还之以淡淡的微笑,并从末席的客人开始斟酒。

尤其是东京来的客人,很喜欢“松村”的特色菜肴。

今天,千加确认了晚宴的食谱,听取了厨师长增加一个煤气灶口的请求,尔后到账房里头的更衣室里补了补妆。

各餐厅与柜台的酒席宴上,有七个女佣在应酬,她们都是二十来岁到三十来岁的年轻女性。不是特意陪酒者,她们只负责把菜肴端放在客人面前的餐桌上,偶尔也给斟斟酒,所以不需要善于辞令,只要看着年轻而富有朝气,就令客人感到惬意。

千加的这种做法也受到好评,有的客人主动同她们搭讪和调侃,气氛很融洽。

女佣们都穿着灰色的和服,系着淡红色的半幅腰带。这是千加设计的初春时节制服,整洁中带着华丽,女佣和来客都很赞赏。

作为领导这些女性们的老板娘,也不能甘拜下风。

千加现年四十五岁,论年纪怎么也比不上她们,而对自己的容貌却多少有点自信。

现居大阪的叔叔曾这样说过:“千加继承了哥哥端正的五官和嫂嫂的好胜的个性。”确实,千加的爸爸是个优秀的男人,他曾想让千加当演员。

千加有着爸爸遗传下来的俊美脸庞,眉宇之间似乎闪现着一点宴席上共有五个客人，生驹坐最上席。从生驹开始斟酒是礼仪，而千加反其道而行之。

并非因为刚才他和女儿恶作剧，这事暂时放置脑后。

“久违啦。挺好吗？”

千加特意向末席的客人温柔地寒暄。

客人好像觉得给自己斟酒先于董事而感到不安，先朝位于上席的生驹瞥了一眼，继而恭恭敬敬地接受斟酒。

接下来是大阪分公司一个叫村濑的人。他曾在一个月前和分公司的五个人一起来过店里。

“请允许我下次去向您致敬，照您名片上的地址就行吗？”

“不，不用那样。”

“去公司会给您添麻烦吧？”

“不是。现在也不用关照我……”

他似乎想说先给董事斟酒，千加却满不在乎地先给他斟酒。

千加依次给四个人斟酒后，最后来到生驹面前。正和美穗谈笑风生的生驹纠正了一下自己的坐姿。

“今天好精神啊！”

千加没跟生驹打招呼，突然说出了这句话，她当然担心别人识破两人的关系，但话已出口。

“身体健康就好啊。”千加又敷衍性地跟上一句。

“还可以。我给你斟一杯！”

“不，我给您斟！”

千加把生驹递过来的酒盅推回去，拿起酒壶来。

“从哪儿弄到的那件玩具？”千加边斟酒边问。

“在大阪的地下街，路过时正好有人卖……”

“一个堂堂的董事买那种哄小孩儿的东西，不怕别人笑话吗？”

“看着玩嘛，只当是普通的消遣。”

千加没答话，她把目光转向生驹身旁正襟危坐的女儿：

“美穗，你去二楼的山茶之间待一会儿！”

美穗点了点头，有点恋恋不舍地看了看生驹。

“那再见吧！”

美穗对着生驹行注目礼，然后站起来慢慢向外走。

千加又把她叫住了。

“美穗，你离开座席时，要好好打招呼，并且不能从壁龛前经过。”

美穗的脸紧绷了起来，走回来重新坐定，冲着生驹和总经理双手扶地表示歉意。

“非常感谢！”

“哎呀，辛苦！”

面对美穗这样礼节性的告辞，生驹却像一同遭受了训斥一样低头不语。

美穗按照千加的吩咐，绕开壁龛，消逝在隔扇之后。千加随即问生驹：

“今天开的什么会？”

“没开什么会，大家只是想看看老板娘可怕的面孔。”

生驹这句话把大家逗笑了，但笑声远不及千加进门前爽朗和热闹。

五

生驹每每来到京都，“松村”打烊后，千加都会陪他一家接一家地喝酒，这已成为一种习惯。多数时间去生驹喜欢的茶馆或酒吧，有时也外出吃饭。

老板娘和某个客人外出活动，其他客人发出邀请时，就难以回绝。一些高级饭庄的老板娘，就因为这一理由，不接受任何人的邀请。

对于这种事儿，千加没想得多么严重。有时间，情绪好就去。没时间或情绪不好就回绝。虽说有些麻烦,但只要真诚地说明理由,客人会谅解。

包括生驹在内,也是随性而为。一般情况下,生驹吃完饭,就会说下面要去哪家茶馆或酒吧。千加能去则去,不能去,则往那家店打电话联系他。要是去了别的店,问问前家店就知道他去的下家店。

今天晚上的酒席解散后,生驹说要去祇园一个叫"加代子"的茶馆,千加没有同行前往。

千加打算过一会儿再去。后听说美穗也受到邀请,就不想去了。

"我今晚就不去了。"

千加送走最后一位客人后,给生驹打电话说。生驹反问道:

"怎么不来呢? 美穗也在等你呢。"

生驹虽然是个有天分的人,但对女人的心思并不了解。

说实话,她无法和女儿同席喝酒,自己作为妈妈首先不能醉,女儿在妈妈面前也难以放松。与其说同席喝酒很享受,莫如说同席喝酒很别扭,虽说她们是母女,可她们都是女人,有互相牵制的成分。

"我们特意等你,你若不来,太遗憾啦。"

"其后再去哪儿?"

"还没定,想去先斗町的酒吧。"

“几点回旅馆？”

“你要是不来，我可以从这儿直接回去……”

“是吗？那我就去旅馆。”

以往生驹来京都，千加都是在夜深人静之时偷偷溜进他的房间，业已成为一种习惯。时间当然是在生驹与同行之人分别后，一般在十二点前后，有时接近一点。

“今晚就不想去别的地方啦？”

千加不愿意限制生驹的行动。他好不容易来京都玩玩，不能用自己的任性去束缚他。成为蛮横无理、不解风情的女人，不符合千加的个性。

“这就回旅馆吗？”

“反正下月还来，今晚就喝到这里吧。”

并非是因为年龄过了五十大关，只是他不想一家一家地挨着喝酒了。

“好啊，也让我女儿回家吧！”

“明白。我送她，你甭挂心。”

千加没再接话，生驹突然悄声说：

“我十一点半回旅馆。”

“您的那些同伴住在同一个旅馆吧？”

“不。三个人回了大阪，跟我一起住下的秘书在下一层楼，没事的。”

“是吗，那我过一会儿就去。”

老板娘工作繁忙，留在店里有干不完的活。今晚应酬完外来的事情，又去检查当日的记账单，尔后到厨房看了一下安全情况，再和账房照代议定新进一名女佣的事儿。此时抬腕看表，时针已指向十一点。

千加让照代锁好门，自己叫了辆车，前往生驹所在的旅馆。

千加先用前厅的电话确认生驹已回房间，上楼推开门一看，生驹正在喝从冰箱里取出的啤酒。

“今天在外面没怎么喝吧？”

“不是，嗓子有点干燥。”

生驹说完，放下酒杯，猛地一下把千加搂到怀里。

“别急成这样……”

千加转过脸去，生驹又满不在乎地把嘴伸过来。

“太坏啦……”

千加刚一开口，马上意识到此话跟刚才美穗在宴席上说的一样，便住了声。

生驹对着千加的舌头吸吮了一番，才把她放开。千加坐到了床沿上。

“怎么不出来喝酒呢？”

“有点儿忙。”

“以前可是都来的。”

生驹坐到床边的椅子上，点燃香烟。

“确实很漂亮。”

“什么？”

“你的……”

话题突变，千加抬头看，生驹正指着自己的腰带。

“这个配得很好。”

“还记得吗？”

“当然不会忘记的。”

千加虽是势利眼，听到生驹这样说，即刻萌生出优雅的感情。

“我依着您给的腰带，配的这件和服。”

“我也应该送您和服。”

“您有这种心意，我就很知足了。”

"因为你什么都不缺。"

生驹喝完啤酒,开始脱西装。

千加站起来,从壁橱里拿出衣架,把生驹脱下来的衣服挂上去。她又拿起领带时,生驹笑意盈盈地说:

"我已跟美穗说好,明天给她买件和服。"

"买件和服?"

生驹一边解衬衣纽扣,一边点头。

"是她要求的吗?"

"不是,是我提出来的。"

"……"

"她那件和服有点不合身。"

美穗今晚穿的是茶色、印花的和服。

"那样不好吗?"

"我不太懂,因为她年轻,再鲜明一点儿的颜色更显青春活力。"

美穗所有的和服都是千加买的,并不是专挑素净的买。只是她今天穿了件素净的。

"那她……"

"很高兴。"

千加把西装和领带挂在衣架上，冲着窗户，与生驹相向而坐。

“那样可不行。”

“没多想什么，只是随意送给她。”

“可是……”

“我也送你一件好吗？”

“不是一回事儿。”

千加若有所思地摇摇头。生驹换上浴衣，从后面紧紧抱住了千加的臂膀。

六

日复一日，千加一准在早晨七点钟醒。她起床后，穿着睡衣跪坐在地板上，朝着东边的方向做礼拜。开始浅浅地拜一次，接着深深地拜两次，总共拜三次，且一边叩拜，一边祷告。

祷告的中心意思是：感谢昨天平安无事，祈祷今天身体健康！

她做礼拜的事，没对任何人讲过。自与丈夫分手后，一直坚持着，从未中止，直到现在，并打算长期做下去。

五年前，千加因和丈夫貌合神离的事以及饭庄经营遇阻的事儿而感到烦恼时，川崎的一个朋友介绍给她一个教祖，说只要去那里参拜一下,心情就会变得舒畅,问题就会迎刃而解。于是,她慕名去了川崎。

见面一看,教祖只是个极其普通的七十岁多岁的老太婆。她听完千加的倾诉后,为她祈祷了一番,没再进一步地提供指针。

她只是叮嘱千加:“你可要无畏地做好事儿!”因为千加已经倾吐了烦恼,心情变得舒畅多了。

打那以后,千加就强制自己每天早晨七点钟朝教祖所在的东方祷告。

千加住在旅馆和别人家里,就坐在地板上祈祷,并不让别人看到。

不过,还是让女儿美穗发现了。女儿担心妈妈让新兴宗教给迷住了。然而,千加只是每天在地板上做一般人元旦在神社所做的那种祈祷。隔一段时间去一次东京办事,顺便见一下教祖,倾吐一下烦恼,留一点致谢的礼物,没有什么特别严厉的教规和教义。她喜欢这种倾诉方式。

尽管如此,在女儿看来,她仍然很怪异,单凭一个女人管理高级饭庄,有点操心事儿和迷惘,是正常的。而妈妈将此作为一种精神支柱,一想到有教祖,就觉得胆壮,真是匪夷所思。

而对千加来说,每天早晨祷告一下,才会觉得新一天开始了。祷告几分钟,昨天所犯的错误就会得到宽恕,也能避免今天重犯过去的错误。

今天的早晨,千加也是在地板上做完祈祷,才去浴室洗手、刷牙。

昨夜她从生驹那里回来,已是深夜两点。女儿美穗已经睡着了,千加洗了个澡,三点多钟才就寝。被生驹爱抚过的余韵尚未消散,她的身上仍然发热,直到凌晨四点,才算真正睡着了。

当下镜子里还能映照出昨夜的疲倦。不知何故,肌肤却显得比日常水灵。

千加平时睡眠不足时,祷告完再睡一会儿,今天却不想这样。

生驹可能还在旅馆的床上打呼噜吧。

千加一边想着生驹的事儿,一边换便服,烧开水。

她拉开阳台一侧的窗帘,初春温暖的阳光一下子倾泻进来。千加在阳光拂煦之下一边喝着热而浓的茶水,一边回忆昨晚的幽会。

千加是十一点过后去的旅馆。生驹一直要她,她最后才给。想来觉得自己很不顺从。生驹对此也没办法,中途曾问过她两次:“你怎么啦……”

千加没回答。也不知为何不顺从、有抵触。

等了那么多天两人才重逢,到了关键时刻,怎么就闹别扭呢?这和孩子的任性一样,不分时间和场合。那时候千加正在火头上,故而拼命地抵抗。她可能心中焦躁,只有抵抗才能解气。

那究竟是为什么呢?此刻沐浴在晨光之下,好像渐渐想明白了。

千加平心静气地站起来,打开室内暖气。

她又坐回到沙发上,猛一扭头,发现厨房前的餐桌上放着一个珊瑚簪子。

这是昨晚美穗插在头上的,也许她回到家就抽出来,放在了这儿。

千加把簪子拿过来,举到阳光下细看,朱红的颜色非常显眼,凭千加这个年龄怎么也不能戴。

千加注视着簪子,想起了昨晚生驹说要给美穗买和服的事。

“可能他真要给她买吧?”

据生驹说,不是美穗缠着他要买的,而是他自己主动提出来给买的。

说起来,生驹没有女儿,他很喜欢美穗这样的女孩。

他至少说过一次:“我想要个这样的女儿!”

然而,千加听说他要给美穗买和服时,心里感到不太愉快。

千加了解生驹的好意，但摸不清生驹为何要给她买和服这种高价品。如果是自己的前夫这样说，那另当别论。对美穗来说，生驹只是个普通的客人，虽说关系有些亲近，让他给买和服这事有点超乎寻常。

千加更不能理解的是，买和服是生驹和美穗两个人私下约定的。生驹坦诚相告，千加才知道，要是两人都保持沉默，千加就不会知道。

当然，两人都没想隐瞒，尽管不隐瞒，千加却觉得自己被疏远了。

这样的事儿，他们应该在我面前光明正大地说，不用偷偷摸摸地约定。

生驹对自己说应让美穗穿得再亮丽点。说不定是对自己的挑剔。

“你自己穿好的，却让女儿穿得这么差！”他是出于如此想法才要送给女儿和服的吧？

“真是讨厌……”

千加小声嘟囔了一句，把手拿的箸子丢到桌子上。

这绝不是嫉妒女儿。我是美穗的妈妈，母女年龄相差二十多岁，我也没有理由嫉妒她。

因为女儿还在实习阶段，才让她穿素净的和服。她还不怎么会跟客人打交道，也不懂宴席上的礼仪，越是穿得漂亮，越感到不自然。

她一直独立思考女儿的问题,不愿旁人随意干涉。

千加抑制着激动的情绪,大口地喝茶。

浓浓的香气在口中蔓延,柔柔的茶汤浸润着喉舌,仍然难以平息千加心头的怒火。

周围的这些人不过是有好奇心,对我和女儿太过分。

千加在宴席上斥责美穗,就有客人说:“那个老板娘在欺负女儿!”千加之所以这么做,目的是为了从严培养女儿。希望女儿成为出色的老板娘,好好继承她的事业。

如果换成女侍者或一般女佣,她就不会发什么牢骚,甚至会不吭声。女儿日后要高踞大家之上,所以要严格调教和培养。

昨天晚上,千加刚要开口斥责美穗,生驹就把脸背过去了。他似乎表现出“与己无关”的姿态,眼神却在指责千加:你用不着这样嘛。

如果说到对女儿的严厉管教,那么千加的妈妈更胜一筹。年轻的千加参与宴席服务之后,一直受到妈妈的训斥,有个阶段,她甚至怀疑自己是否是妈妈亲生。

千加只得向女招待头儿诉苦,对方安慰她说:“因为您越来越漂亮,您妈妈有点慌张。”

千加听说如此,有点理解妈妈的心情。同为女人嘛。

从那以后,千加就极力回避和妈妈并肩在一起。如果千加在场,妈妈一进来,千加就赶紧让位。相反,千加被叫到妈妈所在的宴席上,她会等着妈妈离场再进去。

高级饭庄的老板娘就是掌管经营的总司令官,同时又是宴席上的花朵。这花朵只可一枝独秀,如果放多了,就会互相摧残。

千加早有思想准备,迟早得把饭庄的花朵让位给美穗。自己作为妈妈仍然很操心,但得把握好适时而退的火候。

她觉得目前还没到时候。虽然是或迟或早。

“我并不急于让位。”

千加嘟囔了一句,说完又耸耸肩膀。

我不会输给女儿。

女儿年轻、漂亮,但只限于外表,思想上还是个孩子。

我有掌管“松村”十五年的经验和智慧,而且如很多客人所说,我有成熟女人的魅力。

“还不能……”

恰在此时,门被打开,美穗出现了。

美穗好像刚起床,睡衣的领子窝着,头发散乱得像妖魔,一副邋遢的样子。

“现在几点？”

“已经八点了。快去收拾自己吧！”

美穗点了点头，揉着眼睛去了洗手间。

千加目送着她的背影，又转头看了看阳台。

阳台有半坪多的面积，旁边搭着硬纸板，方便鸽子在里面做巢。鸽子正在孵蛋，千加时不时地喂些豆子和脆饼。鸽子好像都认识她，她把头伸过去，鸽子也不叫。

千加从餐具柜的隔板上取出脆饼来，准备再喂鸽子，美穗一边拢着头发，一边从洗手间走出来。

“今天要迟到很长时间。规定九点钟到校实习。”

美穗从年初就去驾校学习驾驶汽车，现已步入实习阶段。

“你怎么把那么贵重的东西放在梳妆台上？”

千加用手指着簪子说，美穗不言语，默默地把簪子拿起来，脸上流露出不快的神色。千加又问道：

“你今天是不是要去见生驹先生？”

“……”

“你要和他一起去买和服，你们已约好，对吧？”

“你问过生驹先生？”

美穗手拿簪子回转身，眼中迅速闪现出一个完全不同于女儿的奇异眼神且转瞬即逝，千加多少有点惊异。

“这种事儿要早和妈妈说。”

“昨天妈妈回来得太晚啦。”

“我和生驹先生出去以前可以说嘛。”

美穗好像不高兴地把脸转向一边。她还穿着睡衣，没施粉黛，本色的肌肤在晨光下泛着“青春”。

“虽然是他提出来的，但还是以拒绝为好。”

“……”

“尽管是对方自愿给买，无故接受客人那样的高价品，心里也不舒畅，也没有理由接受。”

千加从餐具柜前走开，在沙发上坐下来。

“你要是想要好的，妈妈给你买……”

“我并不需要那样的东西。”

“既然不需要，怎么还让他给你买呢？”

“不是我让他给买，是生驹先生说他要给买。”

事实确如美穗所言，但她反对女儿这种做法。

“那样应该谢绝！今天约好几点见面？”

“十一点在旅馆……”

“他那么忙的人,可真有时间啊。”

“他说在这之前要和这边大学的人见面。”

“你可以现在打个电话嘛。谢谢他的好意,向他郑重地道歉!”

“要是那样的话,妈妈打吧!”

“我打就不对头啦。”

“是妈妈提出谢绝的嘛。”

美穗回过头来,令人惊奇地瞪大眼睛,凝视着千加。

“妈妈的朋友,妈妈可以说嘛。”

美穗说完了这句话,“嘭”的一声把门关上,躲进了自己的房间。

七

距十一点并不遥远,阳光已照射到沙发中央。千加坐在明暗光线交界处,考虑怎么给生驹打电话。

怎么说呢?随意拒绝,他会认为是自己从中作梗。

“我昨天喝醉了,胡乱答应你给她买和服,今天醒了酒,觉得十分抱歉……”

这样阐述理由,生驹会同意吗?千加并没有自信。

千加在犹豫的过程中,时间过得很快,已经九点了。

美穗说她去驾校上完课,要去见朋友,三十分钟前就走了。

如果一直不打电话,生驹就要在旅馆里白白地等候。

九点十分,千加横下心拿起听筒。

先拨通了旅馆号码,告诉话务员房间号,马上就听到了生驹的声音。

“是我,千加,昨天非常感谢您!”

虽然昨晚接受过生驹的爱抚,此刻却想以“松村”老板娘的身份向他致谢。

“昨晚休息得好吗?”

“很好。”

“您下面要出门吗?”

“要去见大学的老师。”

“昨天你说要给美穗买和服……”

“说好十一点钟见面。”

“谢谢您的一番好意。美穗感冒了,可能在约好的时间去不了。”

“发烧吗?”

“她今晨起来说头疼,略微有点发烧,还躺在那儿。”

“买和服用不了多长时间,能出来一下吗?”

“她去不了,真的对不起,她本人说,请您务必原谅!”

“昨晚还那么精神!”

“也许是欢闹过头了。生驹先生要带着她去个快乐的地方?”

生驹好像对这句话很费解。他沉默了一会儿后,问千加:

“你十一点左右方便吗?”

“……”

“要是方便,咱们一起喝杯茶吧!”

好像有某种企图,被美穗甩开了,继续勾引母亲。

“十一点正好有事儿,您也应当很忙吧。”

“我可以乘一点的新干线走。”

“谢谢您的一番好意,再找机会吧!”

“太遗憾啦……”

“我说话有点随便,请原谅!”

“我明白了。”

千加听到了生驹若有所悟的声音,重新握紧听筒。

“您下次什么时候来啊?”

“什么时候……”

可能是生驹在考虑和计算，隔了一会儿，他回答说：

“下个月底吧。”

“那就赶不上啦。”

千加想说下个月上中旬和您悠闲地欣赏樱花，但没有说出来。

“你说什么？”

“没什么……”

千加拿着听筒，摇了摇头，这时传来了生驹的声音。

“请代向美穗问个好！”

“哎……”

“也祝你身体健康！”

“多谢……”

千加弯下身子鞠了一躬。就在这当口，电话被挂断了，千加赶忙连声呼叫：“喂！喂！”话筒里已没有了回答，只有恼人的“滴滴”声。

千加放下听筒，心里涌起一阵懊悔。

生驹邀请自己喝茶，为何就不能顺从地说“去”呢？哪怕是替代女儿补过也行。十一点到达旅馆，就能见到生驹。

千加眼睁睁地错过了机会。

看来生驹对美穗好像没有什么特殊的感情。只是觉得她作为年轻的姑娘很可爱。这一点儿从生驹主动坦白他要去给美穗买和服也能看出来。

是自己在小题大做，捕风捉影。

“引以为戒吧！”

千加嘟囔了一句，站起来，走进卧室。

虽然责怪女儿邋遢，但自己的房间里，和服挂在吊衣架上没叠。短布袜和细腰带扔在床角上，穿衣镜上耷拉着昨晚解下来的腰带。

千加在房间里呆立了一会儿，心情平静后，坐下来，开始叠和服。

她先把腰带的山形折成腰带宽，交互地叠过去。最后再把鼓形叠起来。此时，白底粉面的樱花图案映入千加的眼帘。

这是一年前生驹送给她的，今年仅穿给他看了一次。

本来这次幽会两人都很高兴，最后却演变成了不愉快的分手。

“错在自己……”

千加斥责完自己，用包装纸把腰带慢慢地包起来，放进了发凉的衣柜里。

图书在版编目（CIP）数据

风闻 /（日）渡边淳一著；时卫国译．— 青岛：青岛出版社，2016.7

ISBN 978-7-5552-4197-3

Ⅰ．①风… Ⅱ．①渡… ②时… Ⅲ．①短篇小说 – 小说集 – 日本 – 现代 Ⅳ．① I313.45

中国版本图书馆 CIP 数据核字（2016）第 141361 号

風の噂 by 渡辺淳一

This edition arranged through OH INTERNATIONAL CO. LTD.

简体中文版通过渡边淳一继承人经由 OH INTERNATIONAL 株式会社授权出版

山东省版权局著作权合同登记号 图字：15-2015-49 号

书　　名	风闻
著　　者	（日）渡边淳一
译　　者	时卫国
出版发行	青岛出版社
社　　址	青岛市海尔路 182 号（266061）
本社网址	http://www.qdpub.com
邮购电话	13335059110　0532-68068026
策划编辑	杨成舜
责任编辑	霍芳芳
特约编辑	刘　冰
封面设计	乔　峰
封面插图	郑乾敏
照　　排	青岛佳文文化传播有限公司
印　　刷	青岛国彩印刷有限公司
出版日期	2017 年 1 月第 1 版　2017 年 9 月第 2 次印刷
开　　本	大 32 开（890mm × 1240mm）
印　　张	7.75
字　　数	120 千
印　　数	8001-12000
书　　号	ISBN 978-7-5552-4197-3
定　　价	32.00 元

编校印装质量、盗版监督服务电话　4006532017　0532-68068638

本书建议陈列类别：日本 · 当代 · 畅销 · 小说